Melodee comenzó a reír, pero se detuvo de súbito. Miró a Fabi a los ojos, como tratando de leer sus pensamientos.

—Está bien —dijo asintiendo—. ¿Crees que tu fiesta de quince quedará mejor que la mía? Eso ya lo veremos. Tendremos una competencia de quinceañeras —añadió señalándola con el dedo—. Y todos votarán por la mejor.

Fabi palideció. En primer lugar, ella nunca había deseado una fiesta de quince. Ahora tendría que tenerla... y no una fiesta de quince cualquiera, sino la más sonada y más grande que el Valle hubiera visto.

pueblo fronterizo

Cruzar el límite

Guerra de quinceañeras

pueblo fronterizo

Guerra de quinceañeras

MALÍN ALEGRÍA

SCHOLASTIC INC.

A la gente de RGV. Gracias por el apoyo y cariño, y por compartir su valle conmigo.

Originally published in English as
Border Town: Quince Clash
Translated by Joaquín Badajoz

ISBN 978-0-545-56565-3

12 11 10 9 8 7 6 5 4 3 2 1 13 14 15 16 17 18/0

Printed in the U.S.A. 23
First Spanish printing, September 2013

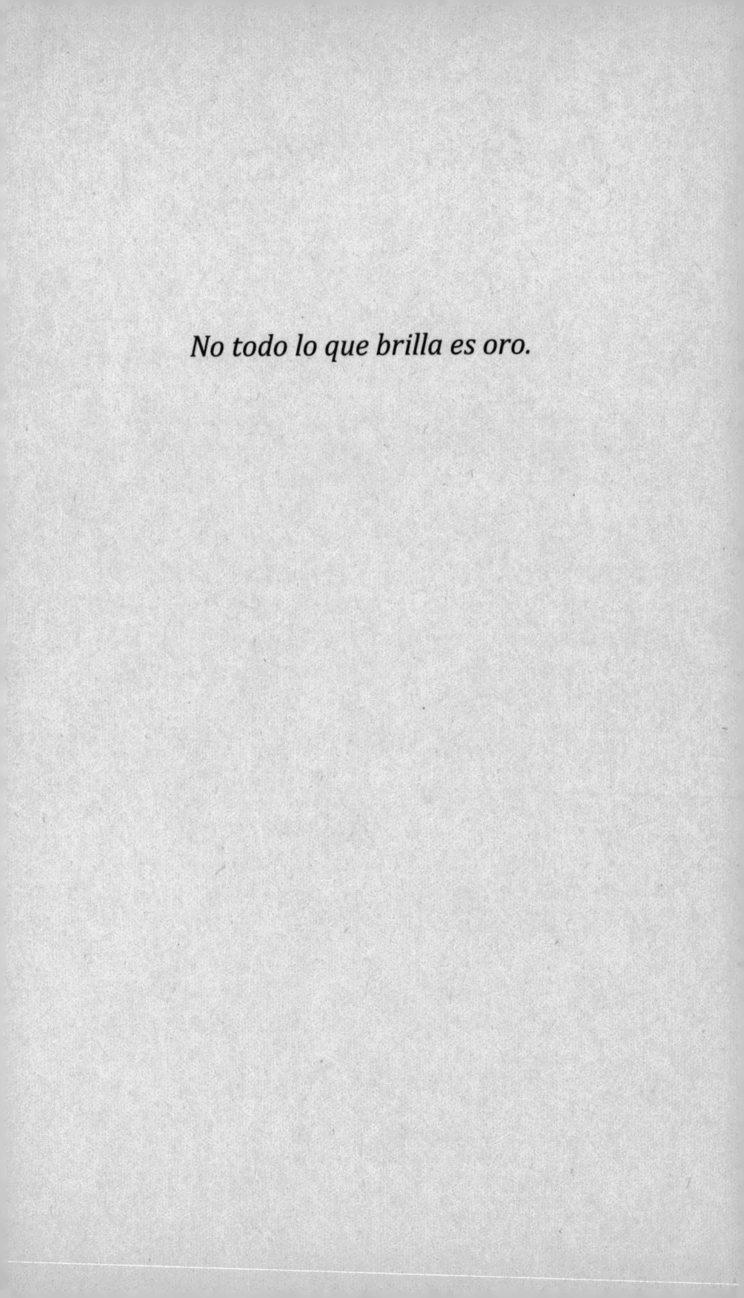

No todo lo que brilla es oro.

capítulo 1

Santiago Reyes sabía que estaba tentando a la suerte, pero cada vez que bebía tenía que ir continuamente al baño. María Elena le rogó que no saliera, pero Santiago ya no podía aguantar más. Encontrar el baño no fue difícil. La parte más complicada sería regresar a la habitación sin que nadie lo notara.

Se asomó fuera del baño esforzándose por escuchar cualquier sonido. El baño, como el resto de la extravagante mansión, estaba decorado al estilo Luis XIV narco. Tenía columnas romanas labradas con serpientes aztecas, un lavabo de mármol y una bañera en forma de corazón. Santiago sintió el borboteo del agua al caer de una cascada en el interior de la casa y los suaves ronquidos dentro de las habitaciones.

Finalmente, salió del baño sin otra prenda encima que su ropa interior. Apagó la luz y esperó unos segundos para que sus ojos se acostumbraran a la oscuridad. Guiándose por el tacto llegó al final del pasillo y dobló a la izquierda.

"¿Era a la izquierda, verdad?", se preguntó mientras intentaba regresar a la habitación de María Elena.

María Elena Diamante era una belleza de cabello negro, suave y ondulado, ojos vivaces y seductoras caderas. Santiago tenía debilidad por las mujeres en vaqueros ajustados y tacones, mientras más altos mejor. Pero esas chicas eran por lo general un problema, y María Elena era tan peligrosa como sensual, por más de una razón. Su padre, Juan "El Payaso" Diamante, era un conocido narcotraficante.

Se contaban miles de historias de horror sobre decapitaciones y torturas al sur de la frontera en las que "El Payaso" había estado involucrado, pero Santiago lo había visto un par de veces y parecía un hombre bonachón y cariñoso con su familia.

Santiago probó la primera puerta que encontró, y esta se abrió con facilidad. Oyó un suave ronquido proveniente de la cama.

“María Elena debe de haberse dormido”, pensó acercándose a ella.

La chica había hecho entrar a Santiago en la casa furtivamente mientras sus padres se preparaban para dormir, y él le había prometido que no chistaría. Pero la excitación de estar en su casa mientras sus padres dormían a unos pocos pasos, mezclada con la cerveza, le había dado una audacia que rayaba en la imprudencia.

Saltó sobre el bulto, atrapándolo entre las piernas e inclinándose para besarlo, pero cuando sintió en los labios los pelos duros de un grueso bigote, se dio cuenta de que había cometido un gran error. ¿O sería la grave voz masculina lo que lo sobresaltó? Un cuerpo a su lado se incorporó y gritó, pero la mujer junto a él no era María Elena, sino su madre.

Aprovechando el desconcierto de El Payaso, Santiago tuvo unos segundos cruciales para saltar de la cama y correr hacia el pasillo. Miró hacia todos lados con el corazón saliéndosele del pecho y corrió desesperado intentando hallar el camino de vuelta a la habitación de María Elena. Debió de haber tomado el rumbo equivocado —otra vez— porque de pronto se sintió perdido. Por suerte María

Elena abrió la puerta de su habitación y lo miró sorprendida.

—¿Por qué tardaste tanto? —murmuró, halándolo hacia adentro.

Antes de que Santiago pudiera explicar nada, sintió unos golpes en la puerta.

—¡María Elena! —gritó El Payaso con voz autoritaria—. ¿Qué demonios está pasando aquí?

María Elena empujó a Santiago dentro del clóset, y acto seguido agarró su ropa del suelo y se la arrojó.

—Si quieres seguir vivo no hagas ni el menor ruido —le susurró en un tono muy serio y cerró la puerta del clóset.

Santiago cayó de espaldas, golpeándose la cabeza contra una docena de perchas de las que colgaban llamativos vestidos y pisoteando con torpeza puntiagudos tacones, bultos de calzones y montones de ropa revuelta. Buscó el celular y le envió un mensaje de texto a su prima, rezando por que estuviera despierta.

A través de la puerta podía oír a María Elena hablando con su padre. El sudor le corría por la frente. Se esforzó para escuchar la conversación por encima de los latidos de su corazón.

—¿Trajiste a un chico a la casa? —gruñó su padre.

—¿Qué estás diciendo, papi? —respondió María Elena haciéndose la sorprendida—. No he traído a ningún chico a la casa. No haría eso después de lo que pasó la última vez. Estaba estudiando.

—¡Piensas que soy idiota! —contestó su padre entrando como un ciclón en la habitación—. ¡Un mocoso me saltó encima y trató de besarme!

—¿Estás seguro de que no estabas soñando?

—¿Soñando? ¿Estás loca? Estoy seguro de lo que vi. ¡Tenía a un muchacho encima!

Santiago podía escucharlo todo ahora claramente. El padre de María Elena estaba justo junto al clóset.

—Está bien, papi. Cálmate —dijo María Elena—. Te voy a decir lo que pasó, pero tienes que prometerme que no te enfadarás.

A Santiago le dio un vuelco el corazón. En ese momento comprendió que su buena suerte lo había abandonado.

"No se puede confiar en ninguna mujer —pensó—. María Elena me tendió una trampa. Seguro que sigue herida porque salí a bailar con su prima la semana pasada".

Toda su vida pasó frente a los ojos de Santiago, a pesar de que no había vivido mucho aún. Pensó en su funeral. Su madre, tíos y primos se pondrían muy molestos cuando descubrieran que se había involucrado con la hija de un narcotraficante. Debería de haber tenido más sentido común. Abuelita Trini seguramente estrangularía su cadáver para asegurarse de que estaba realmente muerto. Y su madre tendría que casarse con el atorrante del subdirector de la escuela solo para poder irse del pueblo.

Santiago escuchó que movían un mueble. ¿Sería el padre de María Elena buscándolo? Tragó en seco, sabía que lo iban a atrapar y que no viviría para contarlo. En un ataque de desesperación agarró el medallón de la virgen de Guadalupe y rezó más que nunca antes en su vida. Juró apartarse del alcohol y de las mujeres, ir a la escuela y hasta entrar a clases. Incluso ayudaría a sus tíos en el restaurante, si la Virgencita lo salvaba de terminar en una zanja sucia con dos tiros en la nuca.

El picaporte del clóset comenzó a girar.

—Papi —gritó María Elena desesperada—. Fue Gordo.

Se hizo un silencio en la habitación y Santiago se inclinó para oír mejor.

—¿Tu hermano? —preguntó el padre sorprendido.

Santiago contuvo la respiración.

—Sí, regresó. Estaba borracho y lo eché del cuarto porque me estaba molestando. No puedo creer que no te haya despertado con tanto alboroto. Tú sabes cómo se pone de empalagoso cuando toma.

Justo cuando Santiago pensaba que se salvaría después de todo, su teléfono comenzó a sonar tan alto que podía haber despertado a todo el vecindario al ritmo de su timbre de *reggaeton*. La puerta del clóset se abrió de par en par. El Payaso Diamante se paró frente a él vestido con una camiseta blanca y unos calzoncillos de estampado de cebra. La mirada en los ojos oscuros del traficante de drogas era de pura rabia. De la cintura para arriba el padre de María Elena era increíblemente fornido y musculoso, como un luchador. De la cintura hacia abajo tenía patas flacas de pollo.

Pero Santiago no podía despegar la vista del bate de béisbol que tenía en sus manos.

María Elena gritó y saltó sobre su padre, que perdió el equilibrio haciendo que ambos rodaran por el suelo. Esto le dio tiempo a Santiago para salir del clóset y huir del cuarto.

—¡Corre, corre! —gritó María Elena.

En el pasillo, Santiago tropezó con la madre de María Elena, que llevaba puesto un provocativo camisón, y pegó un alarido horrorizada. El chico cayó en cuenta de que estaba semidesnudo, pero no podía hacer nada para remediarlo, así que continuó escaleras abajo hacia la puerta principal. El Payaso lanzaba una sarta de maldiciones a sus espaldas. Santiago no se atrevió a mirar atrás. Escuchó a los perros ladrar mientras abría la puerta. No sabía si estaban atados o venían tras él para hacerlo picadillo. Mientras corría por el césped descalzo y en calzoncillos, se maldecía por haberse metido en semejante lío. Sabía que no podría correr más rápido que los perros. De repente, varios fogonazos de disparos iluminaron la noche. Santiago sintió un salto en el corazón. Miró hacia atrás y vio tres figuras paradas en la entrada iluminada de la casa de María Elena. Estaba en el fin del mundo y nadie encontraría su cuerpo, a menos que supieran dónde buscar, y eso solo sucedería después de que los cuervos y coyotes hubieran dado buena cuenta de su cadáver.

De pronto, Santiago vio las luces de una camioneta que se acercaba en su dirección. Dudó un instante. ¿Quizás el padre de María Elena había pedido refuerzos? ¿Lo matarían a tiros a la vista de todos? Un segundo después alcanzó a ver a su prima Fabiola Garza mirándolo preocupada detrás del volante. Sintió ganas de reír, pero entonces escuchó los espeluznantes ladridos de los perros. Se agarró al borde del portón de la entrada y se impulsó para escalar.

Antes de que pudiera saltar al otro lado, un dolor agudo le atravesó la nalga izquierda y lanzó un alarido en medio de la oscuridad. Fue como si un cuchillo le hubiera atravesado el trasero. Se impulsó con todas sus fuerzas sobre la cerca y aterrizó bruscamente con todo el peso de su cuerpo sobre el pie derecho. Las piernas dejaron de responderle y no pudo ni siquiera pararse. Fabi y su hermana menor, Alexis, ya estaban a su lado. Santiago levantó la vista, jadeando sin aliento, hasta encontrarse con los ojos marrones de Fabi, su piel tostada y su pelo oscuro, siempre recogido hacia atrás en un desordenado moño. Les guiñó un ojo. Las dos chicas se miraron sin poder creer que su primo se comportara como un idiota hasta en los peores momentos, y se lo llevaron a rastras hasta la camioneta.

—¡Tenemos que llevarlo a un hospital! —gritó Alexis medio histérica mientras Fabi encendía el motor—. Creo que se va a desmayar. ¡Ay, mi madre! ¿Lo habrán mordido los perros? Podría darle rabia.

Apenas habían llegado a la carretera cuando se apagó el motor de la camioneta. Fabi maldijo en voz baja. Hizo girar la llave, pero la camioneta solo se sacudió bruscamente. Estaban diez millas al noreste del pueblo de Dos Ríos, en pleno campo abierto, en el sur de Texas. A su alrededor no había nada más que tierra seca, arbustos espinosos y mezquites. Otro disparo resonó en la noche. En aquel lugar nadie los escucharía gritar.

—Prueba de nuevo, Fabi. ¡Ese tipo tiene un arma! —gritó Santiago, como si ella no lo supiera—. ¡Tenemos que huir!

Fabi golpeó el timón con la palma de las manos.

—*Okay.* No estoy sorda, yo también escuché el disparo. No me pongas nerviosa. Todavía estoy aprendiendo a conducir con caja de cambios.

Fabi lo intentó de nuevo y, de repente, la camioneta cobró vida. Pisó el embrague y puso primera, alejándose de la casa iluminada, el padre matón y los perros sanguinarios tan rápido como pudo.

Santiago despertó acostado boca abajo en el Centro Médico del Condado Starr. Un libro pesado le golpeó la cabeza.

—¡Eh! ¿Por qué me pegas? —protestó Santiago, estirando el cuello para ver quién había sido.

Abuelita Alfa, la abuela de sus primas, apareció a la vista. Era una mujer bajita que tenía toda la furia de Dios y del diablo en los ojos. Su pelo blanco sedoso contrastaba con la pálida mano arrugada que sacudía una gruesa Biblia forrada en piel.

—Niño malcriado. Eso fue por el endemoniado susto que nos diste.

—Ya déjalo —la interrumpió la abuela de Santiago, Trini—. El niño está bien y eso es lo único que importa ahora.

Abuelita Trini se recostó para acariciar los rizos de Santiago. Estaba maquillada como si hubiera pasado la noche bailando en una discoteca; una imagen que reforzaban su blusa de estampado animal con lentejuelas, la minifalda de vuelos y los tacones.

—Toma, mijo. Escuché que habías olvidado la ropa en algún lugar —continuó Trini sacando una camisa a cuadros y unos pantalones vaqueros brillantes—. Eran de tu abuelo, pero ya sabes que todo lo viejo se vuelve a poner de moda. Yo misma les puse brillo. Lucen bien, ¿no?

En el otro lado de la habitación, Fabiola no podía contener la risa. Su primo Santiago siempre se metía en líos. Apenas habían pasado un par de meses desde su juicio, en el que gracias a ella probó su inocencia y no terminó en la cárcel condenado por atracos que no había cometido. Santiago juró que había aprendido la lección y prometió no meterse más en problemas. Era obvio que tenía mala memoria. Por suerte para él, ella había vuelto a rescatarlo.

Santiago le echó una mirada a la camisa y se volvió hacia Fabi en busca de ayuda. Cuando se dio cuenta de que Fabi no iba a decir nada, le sonrió a su abuela.

—Oh, gracias, me encanta... pero no me siento bien todavía. Creo que tendré que quedarme un tiempo en el hospital. Fue un ataque horrible.

Fabi se acercó a la cama levantando dos dedos.

—Dos puntos, eso fue todo —dijo—. Te dieron dos puntos por la mordida del perro. Estabas llorando como un niño y recitándonos tu última voluntad.

—Eso no es cierto —replicó Santiago incorporándose un poco. La venda que tenía en el trasero se veía a través de una abertura en la bata de hospital.

Fabi se volteó hacia su hermana que escuchaba sonriente sentada junto a la cama.

—Cuéntale, Alexis —dijo.

Antes de comenzar, Alexis tomó un sorbo de chocolate caliente. Seguía vestida con su pijama favorito de color rosado con estampado de corazones. Se veía como siempre: pequeña y linda.

—Bueno, nos prometiste que donarías toda tu ropa a la iglesia. Nos dijiste que tenías quinientos dólares escondidos en tu clóset y que querías que se los diéramos a tu mamá.

Santiago abrió los ojos sorprendido.

—Dijiste que no tenías dinero. ¡Mentiroso! —interrumpió abuela Trini dándole una palmadita.

Alexis sonrió y prosiguió.

—Nos pediste que le diéramos unos mechones de tu pelo a cada una de las chicas en tu agenda telefónica. Y nos regalaste a Fabi y a mí tu colección de tarjetas de Pokémon.

—Ahora sé que están mintiendo —gritó Santiago desde la cama—. ¡Ni muerto les daría a ustedes mi colección! Algún día valdrá muchísimo en eBay.

—Creo que esa pequeña parte la añadí yo —respondió Alexis sonriendo.

—¡Bah! —dijo Fabi señalándolo con el dedo—. Estás lo suficientemente bien para irte a casa, así que vístete. No podemos pagar esta visita a emergencia. Le dije a la enfermera que te habíamos encontrado en la calle y que eras un desamparado. Por suerte no nos cobrarán nada.

Fabi miró hacia la puerta como si esperara ver entrar a la policía de un momento a otro para obligarlos a pagar la cuenta.

Santiago se abotonó la llamativa camisa y se enfundó en los ajustados pantalones que le había llevado abuela Trini. Inmediatamente, se puso a posar como si fuera un modelo. Como era el primo mayor, había recibido siempre demasiada atención. Y tampoco había sido de mucha ayuda el efecto que causaban sus oscuros rizos y su sonrisa seductora en las chicas. Eso solo estimulaba su conducta alocada.

Abuelita Trini aplaudía entusiasmada mientras Santiago se vestía, y cuando terminó le lanzó un par de botas de piel de serpiente para completar el *look* vaquero.

—Ay, mira —bromeó tocando con el codo a abuelita Alfa—. ¿No está guapísimo? Se parece a Alejandro Fernández.

—Pero más bajito y más tonto —añadió abuelita Alfa con el ceño fruncido y los brazos cruzados—. Y mejor nos vamos antes de que la enfermera regrese y nos cobre la jarra de agua plástica y las tazas que guardaste en el bolso.

—Yo no hice nada... —enrojeció Trini—. Ayyy, bueno, ellos no las necesitan de todos modos. Tienen tantas. Ni siquiera se darán cuenta —añadió agarrando fuerte su bolso.

Fabi se paró en la puerta de la habitación mirando a ambos lados del pasillo. ¿Serían todas las familias tan extravagantes como la suya?

—*Okay*, gente. No hay moros en la costa. Vámonos antes de que aparezca alguien.

Los cinco salieron de la habitación. A las cuatro de la madrugada incluso un grupo tan grande podía pasar desapercibido, especialmente porque el brillante conjunto de vaquero de Santiago era el último grito de la moda en el sur de Texas.

Pero así y todo, fueron interceptados antes de llegar a la entrada principal del Centro Médico.

—¡Oigan! —los llamó una enfermera con acento filipino antes de que lograran abandonar el edificio.

Fabi y las abuelas sonrieron aparentando sorpresa. La enfermera le tendió a Santiago una tablilla con formularios para que los firmara.

—Siempre piensas lo peor —le susurró Alexis a Fabi pellizcándola en un costado.

Fabi odiaba admitir que su hermana tenía razón. Siempre esperaba lo peor; pero no le faltaban buenas razones. Cada vez que deseaba algo, surgía alguna calamidad, como con su viaje de quinceañera a Nueva York. A pesar de que había perdonado a su hermana por meterla en problemas, su padre seguía considerándola responsable de la conducta de Alexis. Su papá era un hombre que creía que el trabajo y el sacrificio eran la clave del éxito y se empeñaba en formarles el carácter a su hermana y a ella. Por eso las llevaba con las riendas más cortas que las tiras de su delantal. Definitivamente, no existía la menor posibilidad de que le permitiera viajar a ninguna parte por el resto de su adolescencia. Así que no le quedaba más remedio que contar los días que le faltaban para graduarse de la secundaria e irse a la universidad.

Pero por ahora se conformaría con salir de este hospital y regresar a la cama.

capítulo 2

Algo estaba pasando. Fabi sintió un escalofrío a pesar de que el termómetro de la entrada de la escuela marcaba 90 grados.

"No es una buena señal", pensó.

Observó estupefacta a Santiago agarrar la mochila del asiento trasero del auto y seguirlas a Alexis y a ella rumbo a la secundaria de Dos Ríos. El estacionamiento estaba atestado de camionetas y vehículos estacionando o dejando estudiantes. Por lo general, Santiago tenía algún pretexto para no ir a clases; pero esta vez subió las escaleras con ellas. Se alisó el pelo y se lo apartó de la cara como si estuviera nervioso. ¿Lo habrían citado para expulsarlo?

—¿Y tú adónde vas? —bromeó Fabi.

—¿Adónde crees? —respondió Santiago

ruborizándose—. A clases. Todavía soy estudiante de esta escuela. Por lo menos eso creo.

Alexis vio un grupo de amigos reunidos junto a la gran fuente (que nunca había funcionado) y corrió hacia ellos entusiasmada. Fabi no pudo evitar sentirse feliz por la renovada popularidad de su hermana. Durante un tiempo, algunos futbolistas se burlaban de Alexis y la acosaban. La llamaban zorra y se jactaban de que ella les hubiera hecho ni se sabe cuántas cosas raras. Dex Andrews, el ex novio de Alexis, no solo había tratado de arruinar su reputación, sino que también había culpado a Santiago de un delito que este no había cometido. Pero cuando Alexis ayudó a Fabi a probar la inocencia de Santiago, todos en la escuela comprendieron que Dex era un mentiroso y un abusón. Su familia lo trasladó discretamente a una academia militar cerca de San Antonio. Alexis tenía una piel dura de escamar y en poco tiempo todo volvió a la normalidad.

Fabi y Santiago entraron a la escuela. Dentro, Fabi se volteó hacia su primo, que se había detenido abruptamente. Lucía un poco aturdido por el bullicio desordenado de estudiantes en el pasillo. No estaba acostumbrada a verlo así. Normalmente, Santiago era atrevido y carismático, como un gallito engreído.

—¿Estás bien? —le preguntó.

Santiago le regaló una de sus irresistibles sonrisas.

—Por supuesto que estoy bien. Es que hace mucho tiempo que no llegaba tan temprano a la escuela. Creo que hasta se me olvidó qué clase tengo a primera hora —dijo riéndose de su propia broma.

—¡Santi! —gritó en ese momento un grupo de chicas.

Cuando los primos se voltearon, tres chicas corrían hacia ellos: Violeta, Mona y Noelia. Iban tan combinadas que parecían miembros de una comparsa. En un santiamén, cubrieron a Santiago con sus manos, jugando con sus ondulados mechones y tocándole los brazos, la espalda y el pecho. Las tres eran amigas desde la primaria, y ya desde entonces estaban locas por los chicos.

—¿Escuché que estabas perdido? —dijo Violeta acariciándole un brazo.

—¿No recuerdas que tenemos clase juntos? —interrumpió Mona empujándola de un codazo.

—Yo me encargaré de ti —dijo Noelia resuelta enganchándose del brazo de Santiago.

—Yo también —añadió Violeta, colgándose del otro brazo.

Un segundo después, sonó el timbre y Noelia y Violeta se llevaron a Santiago por el concurrido pasillo.

—Espérenme —dijo Mona, y le susurró a Fabi—: Escuché que María Elena fue enviada a un convento en Monterrey. ¿Será cierto?

Fabi se encogió de hombros y sonrió. Todo había regresado a la normalidad.

A la hora del almuerzo, Fabi se encontró con su amigo Milo en la fila de la cafetería. Algunos estudiantes se le colaban a Milo, pero él parecía no darle importancia a eso, o no lo notaba. Milo no era del sur de Texas, y esto era obvio por la forma en que vestía, con un abrigo demasiado holgado, tenis Adidas y gafas anticuadas. Movía la cabeza metido en su propio mundo, absorto en alguna canción que seguro había descubierto, meciéndose suavemente mientras marcaba el ritmo. Fabi lo sacudió por los hombros.

Milo se quitó los audífonos sonriéndole.

—Tienes que escuchar esta canción que descubrí. Es de un DJ francés. Óyela —dijo.

Fabi se puso uno de los audífonos. Era una canción movida, buena para bailar, marcada por un ritmo electrónico. Pero igual a cualquier otra canción de las que escuchaba Milo.

—Anda, vamos a almorzar antes de que se acaben las frutas —dijo Fabi.

Agarraron las bandejas y se encaminaron al mostrador. Fabi rechazó casi todo el menú: nachos con chili y queso, galletitas de chocolate, macarrones con queso (el plato favorito de Milo, un chico flacucho que no aumentaba una libra). Ella, en cambio, prefería comer saludable. Hubiera deseado que en la cafetería hubiera una estación de ensaladas y verduras como en la escuela de su mejor amiga, Georgia Rae, que vivía en McAllen, una ciudad de verdad. Dos Ríos tenía una década de atraso con respecto al resto del país. Estaban rodeados de granjas y tenían una enorme población de trabajadores migratorios, pero en los alrededores no había donde comprar productos orgánicos. Ser vegetariana era una lucha constante en la escuela y en la casa, especialmente debido a que su familia era dueña de Garza's, un restaurante tradicional mexicano.

—Dice papi que puedo tener una fiesta de quince si quiero —dijo una voz fastidiosa a sus espaldas—. Ya reservamos el Centro de Convenciones McAllen. Y mi vestido les va a encantar. Lo diseñé yo misma. Es blanco y negro sin tirantes. Mi mamá buscó al mejor diseñador de Austin para que me lo hiciera. Costó una fortuna, pero mi mamá dice que solo se cumple quince una vez en la vida.

Fabi no necesitaba voltearse para saber quién estaba hablando. Melodee Stanton, la capitana del grupo de danza, era la chica más insoportable de la escuela. Su horda de aduladoras juraba que sus *tuits* eran el evangelio. Fabi había pensado que su relación con Melodee mejoraría después de que la chica la había ayudado (secretamente) a probar la inocencia de Santiago a comienzos del otoño, pero Melodee no estaba del lado de nadie. Solo le importaba ella misma. Lo mejor que Fabi podía hacer era mantenerse apartada. Además, Melodee *disfrutaba* lograr que otros se sintieran desdichados.

Fabi se inclinó sobre el mostrador.

—Por favor —le dijo a la conserje—. ¿Le queda aún requesón y frutas?

—¿Frutas? —repitió Melodee como un eco—. Alguna gente no sabe cuándo darse por vencida.

—¿Qué quieres decir con eso? —replicó Fabi.

Melodee continuó hablando alto con sus amigas, ignorando la pregunta de Fabi.

—Si yo luciera así, dejaría de comer y punto —dijo.

Fabi sintió ganas de llorar, pero se contuvo. Eso era exactamente lo que Melodee quería. Disfrutaba dar golpes bajos. Así se sentía poderosa. Fabi se tragó la ofensa y se marchó del mostrador.

Corrió hacia la mesa donde su hermana Alexis almorzaba con algunos amigos.

—¿Estás bien? —le preguntó Alexis notando algo extraño en la cara de su hermana.

—Sí, no es nada —dijo Fabi intentando sonreír.

—¿No vas a comer nada? —dijo Alexis sorprendida, señalando las papitas fritas, el perro caliente con queso y chili, la bolsa de galletitas y el refresco de su bandeja.

Fabi había dejado la suya en el mostrador.

—Se me quitó el apetito.

Milo se acercó. Traía una bandeja en cada mano.

—Olvidaste esto —dijo alargándole la que tenía guisantes y leche.

"Milo es tan considerado", pensó Fabi mirando la comida que había cogido para ella.

—¿Qué pasó? —insistió Alexis mientras miraba hacia la fila, notando a Melodee y su pandilla.

—No fue nada —respondió Fabi tratando de terminar la conversación.

—No dejes que te insulte —dijo Alexis sonando más valiente de lo que realmente era—. Melodee es una sicópata insignificante que solo está celosa porque no tiene personalidad. La única razón por la que tiene amigos es porque todos le temen.

Alexis había experimentado de primera mano la ira de Melodee cuando salía con Dex, que también había sido novio de Melodee.

Fabi suspiró profundamente.

—Tienes razón. Ni siquiera es tan guapa de cerca. Con esa naricita siempre estirada, como si todo oliera a estiércol, y los ojos pintarrajeados como un mapache.

—¡La retrataste! —dijo Alexis riendo.

Hablar mal de Melodee aliviaba a Fabi. Melodee pensaba que era fuerte, pero no era más que una vulgar abusona.

—Deberías haberla oído —dijo Fabi haciéndole un gesto a Milo para que atestiguara sus palabras—. Hablando de lo grande que va a ser su quinceañera, de cuánto van a gastar sus padres. Es una farsante total. ¡Ni siquiera es mexicana!

Una tos hizo que Fabi se volteara. Se quedó muda y tragó en seco. Melodee Stanton estaba parada detrás de ella; con el cabello rubio recogido en una cola y la sombra ahumada sobre sus penetrantes ojos grises lucía especialmente malvada. Fabi deseó que se la tragara la tierra. Melodee estaba haciendo un gesto de asco, sujetando su bandeja contra la cadera. Las conversaciones del comedor se fueron apagando hasta hacerse un extraño silencio. Todos dejaron lo que estaban haciendo y se pusieron a escuchar.

—Al parecer la gorda tiene agallas después de todo —dijo Melodee.

Fabi miró a su alrededor; sentía los latidos del corazón en las mejillas.

—¿Qué? No disimules. Estabas hablando de mí a mis espaldas. ¿Ahora qué vas a hacer? ¿Te tragaste la lengua? Si tienes algo que decirme, dímelo en la cara —añadió Melodee.

—Ah, lo siento —dijo Fabi comenzando a levantarse para explicarle que se trataba solo de una broma.

—¿Lo sientes? Yo sí me arrepiento de haber salvado al inútil de tu primo. Y así es como me lo agradeces. Eres una malagradecida —dijo Melodee empujándola con la bandeja para provocarla.

—Saca tus manos apestosas de encima de mi hermana —gritó Alexis interponiéndose entre ellas.

—Miren, qué lindo —dijo Melodee dirigiéndose a su pandilla—. La hermanita tiene que sacar la cara por la pobre gordita.

—Vamos Melodee, ponla en su lugar —la animaron sus amigas.

—¡Oh, ustedes cállense! —soltó Alexis.

—Alexis, ya basta —dijo Fabi tratando de apartar a su hermana—. Milo, ayúdame —suplicó intendando sentar a su hermana. Sabía que Alexis tenía suficientes motivos para estar molesta con Melodee.

—Adelante, Milo, sujeta a la hermana de la tonta de tu novia antes de que la lastime. ¿Y tú, cuándo te convertiste en experta en quinceañeras? —dijo dirigiéndose a Fabi. Sus amigas le reían la gracia entre dientes—. Espera, ¿cómo se me había olvidado? Ya cumpliste quince y no tuviste quinceañera. ¿No tenías dinero, eh? Ser pobre debe de ser un fastidio.

—¡Eso no es verdad! —gritó Alexis.

—Ah, ¿no? —respondió Melodee acercándose el meñique a la boca fingiendo sorpresa.

—Alexis...

Fabi necesitaba aplacar a su hermana. A ella, personalmente, le importaban un bledo las quinceañeras. Lo único que deseaba era irse de allí.

—Lamento decirte que Fabi sí va a tener fiesta de quince —comenzó a decir Milo.

Fabi sintió que se ahogaba.

—Exacto —añadió Alexis—. Y va a ser la pachanga más grande que se haya visto.

—Ya lo creo —contestó Melodee mirando a Fabi y retorciendo los ojos.

—Pues créelo —insistió Milo—. Va a tocar un grupo que está bien de moda.

—¿Sí? ¿Quiénes? —espetó Melodee moviendo la cabeza—. Te voy a decir algo, mi quinceañera va a ser la fiesta más grande de todo el Valle.

—¿De verdad? —se burló Alexis—. Bueno, pues tendremos que verlo. Todo lo que puedo decirte es que descartamos el Centro de Convenciones porque era muy pequeño.

—Chicos —los reprimió Fabi entre dientes.

—¿Muy pequeño? —Melodee comenzó a reír, pero se detuvo de súbito. Miró a Fabi a los ojos, como tratando de leer sus pensamientos—. Está bien. ¿Crees que tu fiesta de quince quedará mejor que la mía? Eso ya lo veremos. Tendremos una competencia de quinceañeras. Y todos votarán por la mejor. ¿Ustedes escucharon eso? —preguntó dirigiéndose a la multitud—. Todos están invitados y votarán por la mejor quinceañera. La perdedora tendrá que...

Fabi tragó en seco.

—Afeitarse la cabeza —propuso Milo.

Fabi le dio un codazo para que se callara.

—Ser la esclava de la ganadora por una semana —agregó Alexis.

—¿Por qué no las dos cosas? Las chicas calvas son muy atractivas —dijo Santiago acercándose por detrás y guiñándole un ojo a Fabi.

—Chicos —dijo Fabi sin poder creer lo que estaba escuchando. Le dio una palmada en el brazo a su hermana—. Ustedes están enredando las cosas.

Melodee sonrió de una forma perversa que hizo que Fabi se encogiera como si miles de arañas le estuvieran caminando por el cuerpo.

—La perdedora será la esclava de la ganadora durante toda una semana y, además, se afeitará la cabeza. Será la guerra de quinceañeras más grande de la historia —dijo Melodee volteándose hacia Fabi con una sonrisa diabólica—. Espero que estés lista.

Fabi palideció. En primer lugar, nunca había deseado una fiesta de quince. Ahora tendría que tenerla, y no una quinceañera cualquiera; tendría que ser la más sonada y más grande que el Valle hubiera visto.

Miró el mar de rostros que poblaban la cafetería y empezó a sentir mareos. No sabía si se iba a desmayar o a vomitar.

capítulo 3

Cuando Fabi empujó la puerta del restaurante de su familia, el ambiente era animado y festivo. En la vitrola sonaba la música de Little Rafa, el abuelo de Fabi, un ícono de la música Tex-Mex ya fallecido. Por encima de la melodía se escuchaba la voz de su madre, Magda, y la conversación bulliciosa de los clientes que ocupaban las mesas. Fabi cerró los ojos y respiró profundo.

El familiar olor del arroz y los frijoles la envolvió como el cálido abrazo de un viejo amigo. Garza's era parte de su infancia. Recordaba correr por la cocina y aferrarse a las piernas de su padre mientras este intentaba cocinar. Él simulaba no darse cuenta, hasta que decía: "¿Y esta monita de dónde salió?". Fue así que le pusieron el apodo de Changuita. Pero hacía años que nadie la llamaba así. Ahora era una mujer de quince años y todos le decían Fabi, diminutivo de Fabiola.

Por una fracción de segundo sintió que todo marchaba bien, hasta que volvió de golpe a la realidad: Alexis y Milo entraron por la puerta como bólidos tras ella.

—*Okay* —le dijo resuelta Alexis alzando los brazos como un policía de tráfico—. No quiero que te preocupes por nada. Ya lo tengo todo bajo control.

—Se les fue la mano —contestó Fabi poniendo los libros bajo el mostrador del restaurante y agarrando un delantal—. Quizás pueda llegar a un arreglo con Melodee si dejan de meter las narices en todo.

Fabi se acercó a su madre, que estaba ocupada recogiendo platos, vasos, cubiertos y servilletas usadas de una mesa. Sus padres trabajaban muy duro todos los días y le costaba verlos tan estresados todo el tiempo.

—Lo siento, mami. Vinimos tan rápido como podíamos, pero el auto de Milo se averió a una cuadra de aquí y tuvimos que empujarlo.

Magda hizo un gesto con la mano, restándole importancia al asunto.

La madre de Fabiola y Alexis era de la vieja guardia y siempre se ponía vestidos, medias y zapatos negros de tacón. El padre de las chicas, Leonardo, era un hombre imponente de cabello copioso y ondulado. En ese momento acababa de hacer una pausa para toser antes de abrir la pesada puerta del frigorífico. Fabiola sentía que sus padres eran muy diferentes a ella, y muchas veces no se entendían.

—Tranquila —le dijo su madre—. Tengo un ayudante inesperado.

—¿De verdad?

Fabiola miró a su alrededor. Lydia y Lorena, las camareras, estaban ocupadas atendiendo sus mesas; lo que ya de por sí era increíble. Esas dos siempre llegaban tarde o llamaban para decir que estaban enfermas.

Todo lo demás lucía normal: Abuelita Trini dándole de comer puré de frijoles a su hermanito de dos años; Abuelo Frank sentado en su silla, rodeado de veteranos de la guerra retirados contándose historias; al otro lado del restaurante estaba sentada su otra abuela, Alfa Omega, como siempre.

En ese momento salió un chico de la cocina con una bandeja. Al principio no lo reconoció con la redecilla y el delantal. Pero, de pronto, fue como si la hubieran golpeado con un saco de frijoles. ¡Era Santiago sirviendo las mesas! Fabi se frotó los ojos para asegurarse de que no estaba viendo visiones. Definitivamente, algo no encajaba. Primero, Santiago había llegado a la escuela temprano, ¿y luego vino a ayudar en el restaurante? Seguramente era una señal de que se estaba acabando el mundo.

—¿Y Santiago cuándo llegó? —preguntó Fabi.

—Yo apenas puedo creerlo. Le tiré una foto con el teléfono y se la envié a su madre. Llegó hace como una hora y empezó a ayudar en lo que hiciera falta —sonrió Magda, y puso una mano sobre la de Fabi—. ¿Por qué no te pones a hacer la tarea? Creo que tenemos ayuda suficiente.

—¿De veras?

Fabi no podía creer su buena suerte. Siempre trabajaba después de clases.

—No sé cuánto le durará el impulso a Santiago, así que mejor aprovéchalo —dijo Magda.

Fabi sonrió y dobló su delantal. Se dio la vuelta, sin saber muy bien qué hacer con todo ese tiempo libre que de pronto tenía por delante.

Fue entonces cuando vio a Alexis. Su hermana debería estar practicando violín, pero Alexis y Milo estaban conversando con abuela Trini y abuelita Alfa en una mesa junto a la vitrola. A Fabi no le gustaba para nada la cara de entusiasmo de su hermana. ¿Estaría complicando aun más este asunto de la fiesta de quinceañera?

Al acercarse a ellos, Fabi confirmó sus sospechas.

—Deberían haber visto a la tal Melodee —les contaba Alexis a sus abuelas—. Pensé que se iba a desmayar cuando le dije que el Centro de Convenciones era demasiado pequeño para la fiesta de Fabi.

—Y lo es. Demasiado pequeño para mi niña guapa —exclamó abuelita Trini, volteándose hacia Fabi para pellizcarle las mejillas y halarla hacia la mesa.

Abuelita Alfa le hizo un gesto para que se sentara a su lado. Su moño canoso, bien estirado, sus ropas negras y la blancura de su rostro eran todo lo opuesto a abuelita Trini, siempre combatiendo arrugas y manchas de la vejez con cremas, maquillaje y exfoliantes.

—Entonces, Fabi —dijo Alfa mirando hacia ambos lados—. Me alegra escuchar que por fin has entrado en razón y estás lista para ratificar tu dedicación a la iglesia. Nos has avisado con muy poco tiempo, pero si prometes ayunar por dos semanas, puede ser que el padre Benavides perdone tu falta de entusiasmo por los campamentos bíblicos y te cuele en la próxima ceremonia de quinceañeras.

—¿Qué cosa? No —protestó Fabi negando con la cabeza—. No tendré ninguna fiesta de quince. Voy a ir a Nueva York.

—De eso nada —la interrumpió Alexis—. Recuerda que papi dijo que no eras lo suficientemente responsable para irte sola.

—Bueno, pero podría cambiar de opinión —respondió Fabi—. Solo me metí en problemas porque tú te escapaste de la casa.

—No. Eso fue la voluntad de Dios —sentenció categórica abuelita Alfa.

—Ya dejen ese tema —dijo Fabi—. Milo, cuéntales que todo este asunto de la quinceañera es un error. No lo decías en serio.

Todos se voltearon hacia Milo, que hasta ese momento había estado más quieto que una piedra.

—¿Por qué no quieres una quinceañera? —preguntó él en vez de explicar lo sucedido en la cafetería—. Nos divertiríamos mucho. Fui a un par en Phoenix y las chicas parecían estar encantadas. El vestido, el pastel, el baile. Puedo ser tu chambelán....

—¡No puedo creer lo que estoy escuchando! ¿Te parezco igual a *todas las chicas*? —protestó Fabi roja de furia—. Espera. No me contestes. Quiero que sepas que no soy como las demás. No quiero una fiesta. Quiero ir a Nueva York. ¡Salir de este pueblo!

Sus abuelas se estremecieron al escucharla.

—Es decir —titubeó Fabi intentando suavizar lo que acababa de decir—. Mira, no tenemos dinero para una fiesta de quinceañera. Solo tengo en el banco quinientos dólares que me regalaron por mi cumpleaños, pero eso no basta. Melodee alquiló el Centro de Convenciones de McAllen. ¿Saben lo que cuesta? Encargó su vestido a un famoso diseñador de Austin. Y probablemente contratará a algún cantante famoso para esa noche. No puedo competir con eso, ni tampoco *quiero*.

—A Dios no le importa dónde celebras tu quinceañera —dijo Alfa.

—Bueno, pero a todo el mundo en la escuela sí —trató de explicar Fabi—. Y ahora, gracias a Alexis y a Milo, me tendré que afeitar la cabeza y ser la esclava de Melodee por una semana.

—No entiendo a estos muchachos. Tú no quieres hacer fiesta —dijo Alfa señalando a Fabi—. Y ustedes dos —hizo un gesto hacia Alexis y Milo—, ¿pa' qué inventan cosas que saben que no son verdad?

—Porque Melodee es una fanfarrona y alguien tiene que pararla en seco —respondió Alexis enfurecida.

—¿Entonces por qué no te le enfrentas? —sugirió Alfa.

Alexis se sonrojó y miró en otra dirección.

—Ya, Alfa —interrumpió abuela Trini—. Los *pobres huercos* solo están intentando ayudar. Necesitan comprensión, no regaños. Además, no hay fiesta de quinceañera que no valga la pena.

Abuelita Alfa asintió. Trini tenía razón. Ninguna fiesta de quinceañera es mala.

Abuela Trini se volteó hacia Fabi y le tomó las manos.

—Mira, mija. Sé que esto no era lo que tenías en mente para celebrar tu cumpleaños, pero tienes que dejar de pensar solo en ti por un minuto, *¿okay?*

Fabi asintió confundida. Sería por la emoción, el rápido movimiento de sus brillantes pestañas postizas o el penetrante aroma de su perfume Jean Naté, pero escuchó a su abuela.

—Tienes que pensar en la familia. Los Garza tenemos una reputación que defender.

—¡Ella es solo mitad Garza! —interrumpió abuelita Alfa—. También es Ibarra. Un apellido vasco, sabes —dijo dirigiéndose a Milo—, de España.

—Como estaba diciendo —continuó abuela Trini aclarándose la garganta—. Eres una Garza. Nieta del extraordinario miembro del Salón Tejano de la Fama, Little Rafa "Los dedos del Valle" Treviño Garza. Nunca te olvides de eso. Y más importante, heredaste mi pelo. De ninguna manera voy a dejar que te afeites tu bella cabellera.

Su abuela la abrazó fuerte y acarició su

adorable cabello. Fabi quería llorar de impotencia, pero ni siquiera podía respirar porque su abuela la apretaba contra su pecho. ¿Qué estaría tramando?

Cuando su abuela finalmente la soltó para que pudiera coger un poco de aire, Fabi notó que a Santiago le estaba yendo realmente bien con los clientes, y que incluso su papá sonreía desde la cocina.

"Esto no va durar mucho", se dijo a sí misma.

Milo le sonrió alegre desde el otro lado de la mesa.

—¿Y a ti que te pasa? —le preguntó Fabi.

—Tu familia es estupenda. Mis padres ni siquiera se hablan. Lo único que hacen es beber y mirar la tele. Pero tu familia es tan apasionada.

—¿Los quieres? —dijo Fabi señalando a su abuela Trini, que estaba ajustándose el sostén como si no hubiera nadie más en el restaurante—. Son todos tuyos.

Milo rió.

—A ti te gustan las viejas, ¿no es verdad, mijo? —le preguntó abuela Trini a Milo, con una risita seductora—. ¿Has visto ese programa *Cougar Town*? Me gusta mucho. Quisiera que hicieran un programa como ese para mujeres de mi edad.

—¡Abuela! —gritaron al unísono Fabi y Alexis.

—Ay, Diosito —rogó abuelita Alfa sacándose el rosario del pecho—. Asiste, por piedad, a esa alma perdida. Pero asístela ya.

—Ay, Alfa —le contestó Trini dándole una palmada en el muslo—. Solo estaba bromeando con el muchacho. Todavía es un niño. Tienes que relajarte. Si por lo menos te soltaras el pelo —añadió estirando la mano hasta tocar el moño de abuelita Alfa—. ¿Recuerdas cuando llevabas el pelo suelto? Entonces sí nos divertíamos, ¿no es cierto?

—¿No te da vergüenza? —replicó Alfa levantándose.

Abuelita Trini comenzó a reírse mientras abuelita Alfa regresaba furiosa a su lado del restaurante.

—No se preocupen por ella, chicos. De vaquero solo tiene el sombrero —les dijo a Alexis, Fabi y Milo. Y un minuto después, añadió en un tono más serio—. Ahora, Fabi. ¿Ya les contaste a tus padres? Estoy segura de que ya que no irás a Nueva York ellos estarán dispuestos a ayudarte con tu fiesta de quince.

—Bueno, aún no... —comenzó a decir Fabi, pero se detuvo.

¿En qué momento había cruzado ese punto sin retorno? ¿Ahora tendría quinceañera? Fabi suspiró. No había manera de ganar una discusión con la familia.

—Adelante, habla ahora mismo con tu madre —la animó Trini empujándola—. Mira, ahora que está sola mirando ese libro es la oportunidad perfecta. Sé que se emocionará mucho. ¡Igual que yo!

"Mi madre no va a emocionarse", pensó Fabiola levantándose.

Magda estaba reclinada sobre el mostrador donde se encontraban la caja registradora y un montón de cosas más. Revisaba la chequera, sacando cuentas con una pequeña calculadora. Fabiola quiso dar media vuelta, pero Alexis, abuela Trini y Milo no le quitaban los ojos de encima.

—Eh, mami —dijo Fabi acercándose.

Magda alzó un dedo en el aire pidiéndole que esperara. Fabi advirtió la pila de sobres a la derecha de su madre. Eran cuentas atrasadas del hospital. A su papá le habían diagnosticado diabetes tipo 2 recientemente y, a los gastos normales de la familia y del restaurante, ahora se sumaban montones de exámenes y consultas médicas que el seguro de salud no cubría y que debían pagar de su bolsillo. Fabi sabía que no le tocaba a ella preocuparse, pero ¿cómo no hacerlo, si escuchaba discutir a sus padres sobre los pagos por la noche, cuando pensaban que todos estaban dormidos?

—No era nada —le dijo Fabi a su mamá, y se volteó para marcharse.

—No, está bien —dijo Magda quitándose los lentes—. ¿Qué querías?

Fabi apretó los labios.

¿En qué estaba pensando? Su familia no podía pagarle una quinceañera. Aunque no tuvieran las cuentas del hospital, sus padres no tenían una posición desahogada. Ella ni siquiera había usado aparatos en los dientes para que pudieran pagarle las lecciones semanales de canto a su hermana. La quinceañera era un gasto innecesario.

Magda le sonrió animándola a hablar.

Justo en ese instante, apareció Alexis por detrás de ella.

—¡Lo logramos! Todo está resuelto. ¿Ya te contó, mami? —le preguntó Alexis a su madre.

—¿Contarme qué? —preguntó Magda contagiándose del entusiasmo de Alexis.

—¡Lo de la quinceañera de Fabi!

—¿Qué? ¡Oh, Dios mío! —exclamó su madre.

Fabi notó sorprendida un brillo súbito en los ojos de su madre.

—¿De qué están hablando? ¿Y eso cuándo fue? —preguntó Magda y se volvió hacia Fabi llena de alegría—. Mija, pensé que no querías...

—Sucedió de pronto, mami —respondió Alexis—. ¿No es maravilloso? Ay, estoy tan ilusionada.

Alexis abrazó a su mamá y haló a Fabi hacia ellas con la otra mano. Alexis parecía no darse cuenta de la falta de entusiasmo de su hermana.

—Esto es maravilloso —dijo Magda a punto de llorar de emoción—. Había perdido todas las esperanzas cuando dijiste que querías ir a Nueva York. Pero esta es la mejor noticia que nos podías dar. Tenemos que empezar a planificarlo todo ahora mismo. No será una fiesta grande, por supuesto, pero seguro que podemos preparar algo maravilloso en el parque. Quizás tu abuelo pueda matar un chivo. Ay, no te preocupes, mija —suspiró advirtiendo la confusión en el rostro de Fabi—. Nosotros nos ocuparemos de todo. Con tu presencia basta.

—Pero, mami —saltó Fabi—. No quiero nada demasiado grande, *¿okay?* Tenemos muchas cuentas médicas que pagar.

—Eso es lo que trataba de decirles. Ya nosotros lo tenemos todo resuelto —interrumpió Alexis ignorando el comentario de Fabi y señalando hacia el pequeño televisor junto a la máquina de chicles.

Fabi, Magda y Alexis se acercaron al aparato. Abuela Trini y Milo miraban un programa con muchísima atención. Una chica en muletas, de la edad de Fabi, bailaba en un salón con un hombre mayor vestido de militar.

—¿Ves a esa chica? —explicó abuela Trini haciendo un gesto hacia la pantalla con los ojos rojos de las lágrimas—. Estaba en un coche bomba cuando era bebé y perdió una pierna. Nunca había conocido a su padre y lo acaban de encontrar. Es un militar que estaba en Irak. El sueño de la chica era bailar con su padre biológico la noche de su fiesta de quince.

Trini agarró uno de los pañuelos de crochet que tenía para vender y se sonó la nariz.

—¿No es increíble? —dijo.

Fabi notó que Milo no paraba de garabatear en una libreta.

—¿Qué está pasando aquí? —preguntó, sospechando algo raro.

—Cogiendo ideas, mensa —respondió abuela Trini dándole una palmadita en la mano a Fabi.

—Ves, mami —explicó Alexis—. Es un nuevo *reality show* que se llama *Sueños de quinceañeras*. Si nos seleccionan, lo pagan todo: el vestido, el salón, los recuerdos, todo. Será perfecto. Lo único que tenemos que hacer es escribir una buena historia.

—No creo que nadie quiera venir al Valle del Río Grande —afirmó Fabi firmemente—. Además, mi vida es muy aburrida. ¿Quién va a querer ver ese programa?

—No digas eso —insistió Alexis—. Tiene que funcionar. Imagina la cara de Melodee cuando sepa que tu fiesta se transmitirá por televisión.

—Sería estupendo —admitió Fabi de pronto—. Pero, ¿cómo lograrlo?

—¡Eso déjalo de nuestra parte! —respondió abuela Trini con mucha coquetería.

Fabi sintió que se le apretaba el pecho. Las cosas estaban fuera de control. Ya podía sentir las sacudidas de la próxima tormenta familiar. Lanzó miradas suplicantes a su amigo, su hermana y su abuelita; a cualquiera que pudiera rescatarla. Pero nadie pareció darse cuenta ni se atrevió a interponerse entre ella y su quinceañera.

capítulo 4

Santiago se había convertido en un estudiante normal. Hacía tareas y trabajaba en el restaurante después de clases. Fabi no podía creer la transformación, pero estaba demasiado ocupada esquivando las conversaciones sobre su fiesta de quince para averiguar. La mirada gélida de Melodee parecía perseguirla por todos lados: en la taquilla, en el espejo del baño, incluso en el boletín escolar. Una foto grande de ella, la estudiante que más barras de chocolate había vendido para recaudar fondos para la escuela, aparecía por todo el pasillo.

"¡Gran cosa! —pensó Fabi—. Seguramente las compró ella misma".

Todos en la escuela comentaban sobre la competencia de quinceañeras.

Pero la familia Garza no había recibido ni una palabra de respuesta del programa *Sueños de quinceañeras*, y eso de alguna manera era un alivio. Por un segundo, Fabiola había creído que su familia podía lograr que el programa la aceptara. Ganarle la apuesta a Melodee era su verdadero sueño de quinceañera. Pero ahora, sin importar lo mucho que había llorado y suplicado a su familia, no le quedaba más remedio que hacer una fiesta de quince. Ya todos lo sabían. Abuelita Alfa había invitado al padre Benavides al restaurante para que conversara con ella mientras se comía un plato de migas. No había manera de echarse atrás. Iba a tener su quinceañera, grande o discreta, le gustara o no.

Ese sábado, Fabi se reunió en el centro comercial con Georgia Rae, su mejor amiga. Hacía semanas que no se veían. Cuando Georgia Rae se mudó para McAllen, al comienzo del año escolar, se habían prometido verse todos los fines de semana. Pero ahora que la mejor amiga de Fabi protagonizaba una importante obra teatral en su nueva escuela, pasaba todo su tiempo libre ensayando o reunida con sus nuevos amigos artistas. Fabi no podía evitar sentirse abandonada. No habían hablado sobre el tema, pero la distancia entre ellas estaba empezando a ponerla nerviosa.

Fabi admiraba un vestido de noche en un maniquí anoréxico de una de las vidrieras. En realidad nunca compraba nada en el centro comercial; solo le gustaba observar las vidrieras y ver la gente pasar. El centro comercial era el segundo mejor lugar para evitar el calor, después del cine. Georgia Rae se mantenía callada, mirando a lo lejos. Fabi se daba cuenta de que estaba echando humo por dentro.

—No puedo creer que hayas cedido así como así. Tienes que saber decir que no de vez en cuando —la reprendió Georgia Rae mientras dejaban atrás una zapatería.

—Me fue imposible. Ya conoces a mi familia. Me cayeron todos encima de pronto como hacen siempre. Me han empujado esta fiesta por la garganta. Ni siquiera me han pedido que ayude en los preparativos. Mi mamá me dijo muy seriamente que lo único que tenía que hacer era aparecer ese día.

Georgia se detuvo frente a una librería, pensativa. Finalmente se volteó hacia Fabi.

—No sé. Tu familia siempre se atraviesa en tu camino y tú simplemente los dejas. No lo entiendo. Es tu dinero. Se supone que lo puedes gastar en lo que quieras.

—Pero no es como piensas —se defendió Fabi—. Melodee comenzó todo...

Georgia Rae resopló con fastidio y desvió la mirada. Fabi comprendió que estaba cansada de escuchar hablar de Melodee, de Dos Ríos y de todo lo que tuviera que ver con ese pequeño pueblo. Siguió la mirada de su amiga hasta un grupo de adolescentes con pinta de artistas que reían a carcajadas mientras comían papas fritas. Fabi temió una vez más que su mejor amiga fuera a olvidarse de ella por completo ahora que iba a una nueva escuela.

—Lo siento —dijo Fabi—. Sé que habíamos planeado ir a Nueva York.

—Exacto. Se suponía que íbamos a ver uno de los espectáculos de Broadway.

—Y lo haremos —contestó Fabi tratando de sonar optimista.

—¿Cuándo? —preguntó Georgia Rae.

—No sé. Eso ya lo veremos —dijo Fabi encogiéndose de hombros. Era obvio que algo le molestaba a su mejor amiga, pero esta no soltaba prenda—. Oye, ¿quieres comer pizza? —preguntó.

Georgia Rae asintió sin entusiasmo.

Se encaminaron al puesto de pizzas en la zona de restaurantes. Muchos jóvenes trabajaban en el centro comercial. Era un empleo codiciado y difícil de conseguir. La hermana de Fabi, Alexis, se moría por trabajar allí. Fabi pidió dos porciones de pizza vegetariana.

—¿De veras les gusta la pizza vegetariana? —preguntó el chico que las atendió sonriendo—. Casi nadie la pide.

Fabi miró a Georgia Rae de soslayo antes de estirar la mano para pagarle al chico.

—No me explico por qué no hay más pedidos —continuó él como si fuesen viejos amigos—. Es muy rica. De hecho es mi favorita —dijo cogiendo el dinero—. Aquí está el vuelto. Les puedo llevar el pedido a la mesa si lo desean.

Fabi asintió y se volvió buscando una mesa vacía. Estaba segura de que tenía la cara roja como un tomate.

—Ese chico parecía *demasiaaaaado* interesado en hablar contigo —bromeó Georgia

Rae empujándola suavemente mientras se alejaban.

—No —dijo Fabi sintiendo que le latía aceleradamente el corazón—. Solo trataba de ser amable. Ese es su trabajo.

A Georgia Rae se le iluminó el rostro.

—¡Ya lo creo! Si hasta se ofreció a traernos la comida —dijo—. Por favor, no vayas a decirme que eso es parte de su trabajo.

Fabi no sabía qué pensar. ¿Tendría razón Georgia Rae? Miró furtivamente hacia atrás. El chico le entregaba el pedido a otro cliente por encima del mostrador. Era muy guapo. Tenía el pelo corto, un atractivo bronceado y la dentadura perfecta. No, negó con la cabeza. No estaba coqueteando. Los chicos no coqueteaban con ella. Ella tenía un montón de amigos, pero eran solo amigos. Georgia Rae estaba imaginando cosas.

—No te voltees —le susurró Georgia Rae a Fabiola, agarrándola por la muñeca.

Fabi se sintió atrapada. Quería marcharse lo antes posible, pero el chico de las pizzas estaba a su lado. No podía levantarse sin derribarlo, y eso sí sería difícil de explicar.

—Ey —dijo el chico mirando a Fabi con sus grandes ojos, como lanzando una flecha a su corazón.

Fabi se dio la vuelta, sintiendo que se ruborizaba.

Por suerte, Georgia Rae salió al rescate, agarrando los platos.

—Muchísimas gracias. ¿Quieres sentarte con nosotras? —preguntó.

Fabi le dio un puntapié a su amiga por debajo de la mesa. ¿Cómo podía ser tan atrevida? Georgia Rae le guiñó un ojo a Fabi.

El chico no lo notó y solo sonrió. Tenía una sonrisa maravillosa que iluminó el lugar y le provocó mariposas en el estómago a Fabi.

—Lo siento, no puedo —dijo en un tono que sonaba realmente afligido y que hizo a Fabi sentir vértigo—. Ya pasó mi tiempo de descanso. Pero me gustaría que me dijeran cómo ha quedado la pizza. La preparé yo mismo. Como dije, por lo regular no tenemos pedidos de pizza vegetariana.

—Bueno, pues gracias —respondió Georgia Rae arqueándole las cejas a Fabi, que no podía pronunciar ni una palabra.

—Ah —añadió el chico un poco turbado—. Me llamo Daniel.

Extendió la mano, pero la retiró rápidamente y se la limpió en el pantalón antes de volvérsela a extender a Fabi.

—Eh... Hola —respondió Fabi olvidando presentarse.

—Eres Fabiola Garza, ¿verdad? —preguntó el chico.

Fabi miró a Georgia Rae sin entender. Georgia le dio un puntapié por debajo de la mesa.

—Sí, soy yo —respondió Fabi sin saber qué más decir. Esta tenía que ser la conversación más extraña que había tenido en su vida. ¿Quién era este atractivo desconocido? ¿Y cómo era posible que supiera su nombre?—. ¿Nos conocemos?

—En realidad no. Conozco a tu primo, Santiago. Jugábamos béisbol juntos.

—¡Ah! —exclamó Fabi—. Lo siento. Hace mucho que Santiago no juega.

—Sí, lo sé. Fui a su juicio, pero no me dejaron declarar. Había mucha gente. Parece que tu primo es muy popular.

Fabi asintió. No podía dejar de sonreír. El chico era tan guapo que sentía que se derretía.

Daniel miró hacia atrás y vio que había varios clientes esperando por él en el puesto.

—Me tengo que ir —dijo pasándose la lengua por sus gruesos labios, como tratando de ganar tiempo para ver si se le ocurría algo más que decir—. Hasta luego.

—Adiós —contestó Fabi.

En cuanto se alejó, Fabiola dejó caer la cabeza sobre la mesa.

—¿Viste eso? —preguntó—. Dime que no estaba soñando.

Georgia Rae parecía estar a punto de saltar de la silla.

—¡Te juro que no fue un sueño, muchacha! Te dije que estaba tratando de sacarte conversación. Y es guapísimo.

—Hay algo que no encaja —comentó Fabi mordiendo la pizza—. Esas cosas no suceden. Por lo menos no me suceden a mí.

—¿Qué dices? ¿Acaso un chico atractivo no puede hablar contigo? Por Dios, tienes la autoestima por el suelo. ¿Por qué no puedes gustarle a un chico?

—Bueno, seamos honestas. No soy el tipo de chica por la que los hombres se babean. Soy casi siempre una buena amiga. Y estoy bien así. De todos modos, no me interesa salir con nadie de aquí. Eso solo complicaría más las cosas cuando me vaya para la universidad.

Georgia Rae inclinó la cabeza como si no la hubiera escuchado bien.

—¿Qué? Ahora estás diciendo estupideces —contestó agarrándole la mano a Fabi y sacudiéndosela—. Pon los pies en la tierra. Un chico guapo quiere hablar contigo. Eso es todo. No te está proponiendo matrimonio. Es solo la posibilidad de algo. No luches contra eso ni trates de explicártelo. Solamente *disfrútalo.*

Fabi respiró profundo. Miró de soslayo para asegurarse de que Daniel seguía allí y no se había transformado en un ogro o algo por el estilo. Estaba metiendo una pizza dentro del enorme horno. Fabi notó que al chico le corría una gota de sudor por el lado derecho de la cara y eso la hizo sentirse vulnerable. ¿Qué le estaba pasando? Se volvió hacia su amiga, que la miraba emocionada.

—Ya para de sonreír —la reprendió fingiendo estar molesta.

—¿Yo, sonreír? —se burló Georgia Rae masticando con la boca abierta.

Fabi le dirigió una mirada diabólica.

—Claro, de acuerdo. Entendido. Sigamos comiendo —dijo Georgia Rae echándose a reír.

—¡Pizza! —dijo una voz a sus espaldas.

De repente, una mano apareció de la nada y atrapó la pizza que estaba en el plato de Fabi. Milo sonrió dándole una gran mordida.

—¡Oye, ve y cómprate una! —protestó Fabi arrebatándole la pizza de la mano mientras Georgia Rae reía a carcajadas—. Animal. Eso es lo que eres.

—¿Por qué no me dijiste que vendrían al centro comercial? —preguntó Milo haciéndose el ofendido sin dejar de masticar—. Me hubieras dado un aventón.

—Hoy es un día solo para chicas —precisó Georgia Rae—. Y tú no eres una chica.

—Ah, vamos. Puedo ser una chica si me lo propongo —bromeó Milo acomodándose el pelo hacia atrás—. También me encantan las conversaciones de mujeres. Miren que ropa tan estrafalaria —dijo señalando hacia un grupo de chicas sentadas a dos mesas de distancia—.

¿Qué estaría pensando esa chica cuando se vistió esta mañana?

—¡Ja! —rió Georgia Rae—. Te quedó bien, pero hoy estamos a la caza de chicos y no podremos atrapar ninguno contigo aquí.

—¿Por qué no? —preguntó Milo inocentemente—. Ustedes no entienden la sicología masculina.

Fabi y Georgia inmediatamente le prestaron atención.

—A los hombres les gustan los retos. Si las ven conmigo aquí pensarán: "Caramba, esas chicas andan con él. Deben de ser superdivertidas".

Fabi no pudo evitar soltar una carcajada.

—Eres un tonto —dijo.

—Además, la verdad es que nos iba bastante bien antes de que llegaras —se burló Georgia Rae—. ¿No es cierto, Fabi?

Fabi se sonrojó sin saber por qué. Milo era su amigo, pero nunca hablaban de chicos. La conversación estaba tomando un rumbo extraño.

—¿De veras? —preguntó Milo dirigiéndose a Fabi—. ¿Y quién es el afortunado?

—¿Ves aquel chico sexy que vende pizzas? —preguntó Georgia Rae inclinándose hacia Milo.

—¿El que se está metiendo el dedo en la nariz? —preguntó Milo.

—¿Qué? —gritaron Fabi y Georgia al unísono, volteándose a mirar.

—Estaba bromeando —dijo Milo echándose a reír y mirando a Daniel—. Tiene una bonita espalda, supongo.

—Estás loco —replicó Georgia Rae—. Es guapísimo, y está interesado en Fabi.

—Ya veo —comentó Milo encogiéndose de hombros—. Si a ustedes les interesan los tipos altos, morenos y guapos. Yo, en particular, prefiero hombres bajitos pero con gran personalidad.

Georgia Rae puso los ojos en blanco.

—Bueno. Solo pasé por aquí para recoger un cable en Radio Shack —dijo Milo—. No quiero interrumpirles la cacería de hombres.

—No estamos cazando —protestó Fabi—. En realidad entramos al centro comercial para escapar del calor.

—No me digas —le respondió Milo guiñándole un ojo.

—En serio —dijo Fabi.

Milo se levantó y se irguió para parecer más alto. Luego miró a su alrededor.

—Bueno, el ambiente aquí se está poniendo demasiado pesado y caliente para mi gusto. Nos vemos.

Fabi observó a Milo alejarse.

"¿Por qué actuaba tan raro?", pensó.

Se volvió hacia Georgia Rae frunciendo el ceño.

—¿Y a ese qué le pasa?

—¿Quién sabe? —dijo Georgia Rae confundida—. A los hombres no hay quien los entienda. No se puede vivir ni con ellos ni sin ellos.

Fabi rió y siguió comiéndose el resto de la pizza.

capítulo 5

Fabi trató de olvidarse de su fiesta de quince, incluyendo lo molesta que se había puesto Georgia Rae con la noticia. Por suerte tenía varias tareas escolares y trabajo en el restaurante para mantenerse distraída. Como nunca disponía de suficiente tiempo después de clases para leer todo lo que le exigían en la escuela, comenzó a pasar la hora del almuerzo en la biblioteca. Allí se sentía a gusto y sabía que no se tropezaría con Melodee y su pandilla. Además, le encantaba sentarse en los cubículos, donde tenía privacidad y abundante espacio para trabajar. Estudiar de esta forma la hacía sentirse como si fuera una estudiante universitaria.

Un día, estando en la biblioteca, empezaba a concentrarse en la lectura cuando alguien se le acercó por la espalda y le dijo:

—Así que por eso es que nunca nos encontramos.

Fabi se volteó y casi se cae del asiento de la sorpresa. Era el chico guapo de la pizzería, Daniel.

—¡Oh, hola! —respondió, sintiendo que se sonrojaba y que el corazón le latía como un tambor. Se secó el sudor de las manos disimuladamente en la silla, intentando que Daniel no lo notara.

Daniel sonrió. Lucía mucho más atractivo sin el uniforme de trabajo.

—Me gusta mucho leer —dijo Fabi, tratando de pensar en algo interesante o divertido que decir, pero tenía la mente en blanco.

—A mí también, pero no se lo digas a nadie —dijo Daniel poniendo un dedo sobre sus sensuales labios como si fuera un secreto. Luego señaló a la bibliotecaria—. La señorita Perales me escoge libros que ella cree pueden gustarme y los deja en el primer cubículo. Es estupenda. Incluso les quita la cubierta para que nadie sepa lo que estoy leyendo.

—¿De veras? —dijo Fabi muerta de curiosidad—. ¿Qué tipo de libros? ¿Románticos?

—¡No! —respondió Daniel sonriendo—. Digo, me gusta el romance —añadió, y de pronto se sonrojó—. Caramba, ¿crees que alguien me habrá oído?

La señorita Perales alzó la vista desde su escritorio en el otro lado del salón y les hizo un gesto para que bajaran la voz, pero de una manera amable.

Daniel pidió disculpas. Luego agarró una silla y se sentó junto a Fabi, que no podía creer lo que estaba pasando. Un chico atractivo se le había acercado para hablar con ella. Su cuerpo estaba tan cerca que podía sentir su aliento. Olía a caramelo de menta. A partir de ahora no podría oler la menta sin pensar en él.

—*Okay*, si prometes no reírte, te cuento un secreto —susurró Daniel suavemente sacándola del trance.

—Sí, te lo prometo —dijo Fabi, que en ese momento hubiera podido prometerle la luna, las estrellas y el sol con tal de que continuara hablando.

Daniel se pasó la lengua por los labios y miró a su alrededor para asegurarse de que nadie lo escuchaba.

—Me gustan los libros de fantasía.

—¿Como *El Señor de los Anillos*? —preguntó Fabi.

—Anjá —respondió él—. Cualquiera que tenga seres sobrenaturales y hadas. ¿Estúpido, verdad?

—Todo lo contrario —respondió Fabi negando con la cabeza—. Creo que son libros muy interesantes.

—¿En serio piensas eso?

—Por supuesto.

—No crees que soy un poco raro, ¿verdad?

—No, pienso que eres… fascinante.

Sentía una secreta felicidad por haber usado esa frase. Daniel se le acercó aun más.

—Tú también me pareces fascinante —dijo.

Fabi se echó hacia atrás, sintiéndose increíblemente incómoda. Daniel estaba casi encima de ella: su pecho, su nariz… y esos labios. Necesitaba respirar. El cubículo se estaba volviendo insoportablemente sofocante. Justo en ese instante, sonó el timbre.

"¡Me salvó la campana!", pensó Fabi.

Saltó del asiento y, antes de huir hacia la salida, se despidió tímidamente.

Cuando llegó al pasillo, sentía que el corazón se le iba a salir del pecho y no sabía para dónde ir. ¿Qué clase tenía después del almuerzo? Corrió al baño más cercano, fue directo al último inodoro, se encerró y pasó el cerrojo. Necesitaba un minuto para poner en orden las ideas y despejar la cabeza. ¿Qué tenía ese chico que la dejaba tan atontada? Odiaba no poder controlar sus emociones, y Daniel la estaba volviendo loca.

"Si esto es amor, entonces quizás no pueda con esto —pensó Fabi—. Ahhhh. ¡¿Dije amor?! ¡Pero si ni siquiera sé su apellido!"

—¡Pum, pum! —dijo una voz sospechosamente alegre.

Cuando Fabi se asomó por debajo de la puerta vio un par de sandalias de gamuza con estampado animal.

—Ocupado —dijo dócilmente.

—No es que piense que te me has estado escondiendo —comenzó Melodee, pasando por alto lo incómodo de la situación—, pero creo recordar que alguien me dijo que iba a tener una quinceañera. Lo raro es que no he recibido mi invitación. Qué extraño, ¿no?

Fabi no lo podía creer. Ansiaba en secreto que Melodee hubiera olvidado la apuesta. Pero estaba claro que eso no sucedería. Y ahora, al parecer, había caído en una trampa. ¿Cómo iba a salir de allí sin enfrentarla? Fabi rezó para que sucediera algo o apareciera alguien que la sacara del aprieto. ¿Dónde estaban metidos los monitores del pasillo cuando uno los necesitaba? El turno ya había comenzado y le marcarían la ausencia. No había escape. Descargó el inodoro vacío y salió.

Melodee la miraba sonriente. Iba vestida con una camiseta rosada sin mangas y una minifalda que acentuaba sus piernas torneadas.

—Entonces... —dijo Melodee poniéndose las manos en la cintura, como esperando una respuesta.

—¿Entonces qué?

—¿Dónde está mi invitación, estúpida? —dijo dejando de sonreír.

—Eh... las mandamos a hacer —balbuceó Fabi. Tenía que sacarse a esta chica de encima cuanto antes.

—Perfecto —resopló Melodee. Buscó dentro de su bolso Gucci y sacó un sobrecito rosado—. Aquí está la invitación para mi fiesta. Mejor que no esperes al último día para entregarme la tuya, ¿me entiendes?

Fabi tomó la invitación y notó que su nombre no estaba escrito en el sobre, como si se tratara de una invitación que hubiese sobrado. Melodee se dio la vuelta para marcharse. Sus sandalias sonaron ruidosamente mientras se alejaba. Fabi suspiró aliviada. Pero, de repente, Melodee se dio la vuelta.

—Y si se puede saber —dijo con un tono maliciosamente dulce—. ¿Quién va a ser tu chambelán?

La pregunta tomó a Fabi por sorpresa.

—Quiero decir, tu pareja —aclaró Melodee poniendo los ojos en blanco.

—Sé lo que es un chambelán —dijo Fabi, buscando una respuesta sin parecer nerviosa, algo bien difícil bajo la inquisitiva mirada de Melodee Stanton.

—No me digas que será ese renacuajo del DJ Meko —dijo Melodee riendo.

—Su nombre es Hermilo —la corrigió Fabi—. Y no, él no será mi chambelán.

—Me alegro por ti —rió Melodee entre dientes.

En ese momento, Fabi sintió que odiaba a Melodee con todas sus fuerzas. La odiaba como si fuera caca de perro pegada a la suela de sus zapatos. ¿Quién se creía ella para insultar a sus amigos de esa manera?

—Para tu información, Milo no lo será porque ya tengo pareja. Y para que lo sepas, es el chico más sexy de la escuela.

—¿En serio? —dijo Melodee burlona—. ¿Y quién es ese "chico más sexy de la escuela"?

—Me temo que vas a tener que esperar para verlo —dijo Fabi.

Melodee se volteó y se miró en el espejo. Fabi sentía ganas de borrarle a bofetadas la sonrisita cínica que tenía en la cara.

—Me muero de la curiosidad —respondió Melodee, que le dio la espalda y se marchó sin pronunciar otra palabra.

Fabi se quedó petrificada por un momento, todavía furiosa, pero ahora, además, aterrada. Solo había un chico que encajaba en la descripción que acababa de dar. No tendría más remedio que pedirle a Daniel que fuera su chambelán.

Parecía lo suficientemente agradable, ¿no? Por supuesto que se acababan de conocer y el chambelán jugaba un papel importante. La mayoría de las chicas se lo pedirían a sus novios, pero ella no tenía, y no se lo podía pedir a su primo o a Milo. Además, deseaba que fuera Daniel.

Ahora solo esperaba que él aceptara.

Después de clases, Fabi vio a su primo Santiago parado frente a la escuela, junto a Brandon y Travis Salinas, dos buscapleitos famosos. Se notaba la tensión entre ellos. Brandon decía algo y Santiago tenía mala cara. Su primo los dejó con la palabra en la boca y salió andando. Cuando lo llamaron, no hizo caso.

"¿En qué andarán?", se preguntó Fabi.

—¿Todo bien? —preguntó cuando estuvo al lado de Santiago.

—Sí —dijo Santiago encogiéndose de hombros.

Fabiola no podía creer que Santiago continuara asistiendo a clases. Incluso había escuchado el rumor de que se había unido al equipo de las Olimpiadas de Ciencia, un club que competía con otras escuelas en experimentos científicos. Le costaba trabajo creer que su primo se hubiera reformado, pero decidió que no era buen momento para preguntarle sobre su transformación.

—Uf, hace un calor terrible —dijo de repente, echándose hacia atrás el cuello de la blusa para refrescarse—. ¿Dónde está Alexis? —añadió mirando a su alrededor en busca de su hermana.

Los estudiantes salían por la puerta principal del edificio hacia la fila de autos y camionetas estacionados enfrente. De pronto, vio una mano que le hacía señas desesperada. Alexis corría hacia ella con una expresión extraña en el rostro, algo que asustó a Fabiola. Cuando su hermana se emocionaba, casi siempre sucedía algo malo. No obstante, trató de calmarse.

—¡Lo logramos! —gritó Alexis alcanzándolos y apretándolos con un fuerte abrazo—. Me acaban de llamar. ¿Puedes creerlo, Fabi? Vas a ser famosa. ¡Funcionó! Quieren hablar con mami y papi. ¡Están en camino! ¡Van a venir a Dos Ríos!

Fabi miró a Santiago, que parecía tan confundido como ella.

—¿De qué estás hablando? —le preguntó Santiago a Alexis, apartándose el pelo de la cara.

—*¡Sueños de quinceañeras! ¡Sueños de quinceañeras!* —gritó Alexis alzando los brazos—. Fuiste escogida para el próximo episodio. Acabo de recibir la llamada. La profesora Allen hasta me castigó por responder el teléfono en la clase de Álgebra, pero al diablo. Tenía que contestar porque era un código de área desconocido. ¿Puedes creerlo? Estoy tan entusiasmada. Hay que contarle a Milo y a abuela Trini. ¡Se pondrán tan contentos!

Fabi no podía creer lo que decía su hermana. ¿Sería cierto? A juzgar por su expresión, lo era. De pronto, una sonrisa se dibujó en su rostro.

"¡Quizás ahora sí pueda competir con Melodee y hasta ganar la apuesta!", pensó.

Escucharon una bocina y, cuando se voltearon, vieron a Melodee pasar en su nuevo Mustang rojo descapotable. Era un regalo anticipado de su padre, al menos eso había escrito en un *tuit*. Melodee ni siquiera tenía licencia.

A Fabi le comenzó a hervir la sangre, pero entonces pensó en la cara que pondría Melodee cuando se enterara de la noticia de su fiesta. Se imaginó vestida con un caro traje de diseñador bailando con un chico atractivo. Y aunque todavía se resistía a creer en la noticia que le había dado Alexis, estaba segura de que de ser cierta, ¡su fiesta de quince sería la mejor de todos los tiempos! Y entonces sonrió mientras veía el Mustang desaparecer junto con la caravana de autos y camionetas que salían del estacionamiento de la escuela.

¡Adiós, Melodee Stanton!

capítulo 6

Al final de aquella semana, todos hablaban de lo mismo: *Sueños de quinceañeras*. Muchos no habían escuchado hablar del programa, pero cuando supieron que un equipo de la televisión vendría a Dos Ríos, de inmediato se convirtieron en fanáticos del *show*. Todos en el pueblo querían formar parte de la trama.

Fabi trató de continuar su rutina diaria, pero la gente se aparecía en el restaurante para hablar con ella. El concejal Rey García III pasó para conversar sobre su campaña de reelección y le pidió su apoyo, dejándole una docena de volantes, carteles y botones. La Sra. Sánchez, de la dulcería que estaba calle abajo, venía todos los días para darle a probar diferentes muestras de pasteles. El periódico local quería dedicarle un artículo. Fabi no sabía cómo lidiar con su nuevo estatus de celebridad. Al menos sus padres estaban felices... al negocio nunca le había ido mejor.

En la escuela la situación estaba fuera de control. Estudiantes que apenas conocía actuaban como si ella fuera su mejor amiga. La mesa del almuerzo se llenó de nuevas caras deseosas de saber los más mínimos detalles sobre el programa, qué pensaba ponerse y cómo se peinaría. Hasta sus maestros empezaron a comportarse de manera muy extraña, dejándola entregar trabajos tarde y haciendo comentarios como: "Sabes una cosa, estuve a punto de actuar en una película". Ni siquiera podía caminar por los pasillos sin que hubiera una docena de personas pisando sus talones. Por suerte, Alexis y Milo estaban allí para mantenerla con los pies en la tierra y protegerla.

Fabi pensaba que si este era el precio de la fama, bien valía la pena: no hay ganancia sin sacrificio. Y ni por un segundo olvidaba la expresión en el rostro de Melodee cuando la vio caminar rodeada por todos en el pasillo. Eso no tenía precio.

Pero todo tenía un límite. Cuando sintió que ni siquiera podía ir al baño en paz, supo que necesitaba un descanso.

El fondo de la biblioteca era todavía su santuario. Ese día, halló su cubículo preferido vacío, saboreó la gloriosa paz y abrió un libro que desde hacía tiempo deseaba leer. Había comenzado a meterse en la historia cuando alguien se le acercó sigilosamente.

—Pensé que te encontraría aquí.

Fabi levantó la vista y la dejó perderse en los cálidos ojos color chocolate de Daniel. Todavía no sabía su apellido. Bueno, esta era una interrupción que ella felizmente aceptaría en cualquier momento.

—Ey, hola —dijo sonriendo.

—Quise hablar contigo antes, pero tus guardaespaldas no me dejaron acercarme —bromeó refiriéndose a Alexis y Milo.

—Ha sido una locura últimamente con esto del programa de televisión —respondió Fabi riendo.

—Entonces, ¿qué se siente al ser una estrella de un día para otro?

—Soy la misma —dijo Fabi encogiéndose de hombros.

Daniel sonrió mostrando sus adorables hoyuelos.

—Me alegra escucharlo. ¿Tienes todo lo de la fiesta listo? Sé que casi nos acabamos de conocer... pero si en algo puedo ayudarte, cuenta conmigo... Además, luzco muy bien en esmoquin, ¿sabes?

Fabi se quedó helada y un silencio incómodo apareció entre ellos. Daniel se ruborizó y miró hacia otra parte con timidez.

—Y... ¿qué estás leyendo? —preguntó intentando romper el hielo.

—Ay, una tontería —admitió Fabi turbada, levantando una novela sobre chicas—. No hay hadas, pero ocurre en Nueva York y es realmente genial.

Daniel agarró el libro y leyó la nota que aparecía en la contratapa.

—Quizás pueda sacarla prestada cuando la termines —comentó.

—¡Fabi! —llamó Alexis entrando como un huracán categoría cinco en la biblioteca. Pero se detuvo en seco cuando vio que su hermana no estaba sola.

—Alexis, este es mi amigo Daniel... —dijo Fabi haciendo un gesto para que se acercara.

—Daniel Cruz —añadió él extendiéndole la mano a Alexis.

—Me da muchísimo gusto conocerte, Daniel —respondió Alexis guiñándole un ojo a Fabi—. Parece que Fabi olvidó mencionarte. Somos hermanas. ¡Pero supongo que han pasado tantas cosas últimamente que se ha olvidado de contarme!

—Chicos, recuerden que están en la biblioteca —dijo en voz alta la bibliotecaria.

Alexis pidió disculpas y luego se volteó hacia Fabi.

—Están aquí —susurró—. La gente de *Sueños de quinceañeras* quiere verte.

—¿Aquí? ¿Ahora?

Alexis asintió. Agarró a Fabi por un brazo y comenzó a arrastrarla hacia la puerta.

—Lo siento —le dijo Fabi a Daniel—. Me tengo que ir.

—No te preocupes. Nos vemos —respondió Daniel cruzando los brazos.

En cuanto salieron al vestíbulo, Alexis pidió una explicación.

—¿Por qué no me habías hablado de este nuevo amigo?

—Lo acabo de conocer —explicó Fabi—. No es nada. Solo hablábamos de libros.

—Libros, ¿de veras? ¿Por qué será que no te creo ni una palabra? —dijo Alexis pellizcándole suavemente el brazo—. Es guapísimo.

—Lo sé —respondió Fabi enrojeciendo—. Pero no es lo que piensas.

Fabi pensó en lo que había dicho Daniel de ayudarla. ¿Estaría hablando en serio o solo querría salir en la televisión?

Alexis se detuvo y se volteó hacia Fabi.

—¿Y por qué no? Tú eres preciosa —dijo.

—Lo que tú digas —dijo Fabi, e hizo un gesto con la mano restándole importancia al cumplido.

Alexis se quedó mirando a su hermana.

—Ay, mi madre, Fabi tiene novio —bromeó.

—No vuelvas a repetirlo —dijo Fabi sintiendo que le ardían las mejillas. Entonces, alzó un puño amenazante frente a la cara de Alexis—. Si quieres llegar viva a tu próximo cumpleaños no vuelvas a repetir esa tontería.

Alexis rió ignorando el comentario de su hermana mayor.

—Esa es exactamente la razón por la que necesitas participar en este programa —dijo Alexis con voz soñadora y una sonrisita en los labios—. No tienes idea de tu propio valor.

Fabi puso los ojos en blanco.

—Eres una princesa, Fabi, y ahora, con el programa *Sueños de quinceañeras*, todo el mundo lo sabrá —declaró Alexis levantando un brazo y haciendo una reverencia.

Fabi miró a su alrededor buscando las cámaras. Cuando se aseguró de que no había nadie cerca, levantó un dedo amenazante.

—Como te atrevas a decir algo embarazoso frente a las cámaras no te hablo más —dijo.

Alexis le regaló una sonrisa exagerada, y Fabi rezó en silencio para que su hermana le hiciera caso.

Era la primera vez que Fabiola entraba en la oficina del director, pues nunca se había metido en problemas. El Dr. Mick Hudson estaba sentado detrás de su escritorio. Las paredes estaban cubiertas de premios y fotos de la escuela. Era un hombre bajito, calvo y de manos velludas que caminaba por el pasillo mirando con mala cara a todos, pero hoy era todo sonrisas.

—Señorita Fabiola Garza —dijo levantándose e invitándola a pasar.

Frente a él estaba sentada una mujer joven alta, elegantemente vestida y de cabello oscuro muy corto que a Fabi le agradó a primera vista. Un tipo musculoso, con una atractiva barbita de chivo, estaba recostado contra la ventana: llevaba una gorra de pelotero con el logotipo de los Dodgers y sostenía una cámara sobre el hombro.

—Acababa de decirle a la señora...

—Cooper. Grace Cooper —se presentó la mujer extendiéndole a Fabiola una mano que parecía acabada de salir de la manicurista—, pero puedes llamarme Grace.

Fabi le extendió la mano y ella se la estrechó firmemente. Enseguida pensó que tenía que aprender a darle la mano a la gente con la confianza y desenvoltura con la que Grace lo hacía. Sonrió deslumbrada. Aquella mujer era tan elegante y sofisticada que parecía acabada de salir de una portada de revista. Grace le sonrió dulcemente.

—Soy la productora de *Sueños de quinceañeras* —dijo—. Estamos muy entusiasmados de estar aquí y conocerte finalmente. Durante las próximas semanas nos estaremos preparando para el gran día. Planeamos hacer algunas entrevistas y asegurarnos de que todo esté organizado. ¿Cómo te sientes? Sé que puede ser abrumador.

—Me siento nerviosa. No puedo creer que estén realmente aquí. ¿Entonces va a suceder realmente?

Grace extendió el brazo para darle un apretón.

—Por supuesto que sí. Fabi, a partir de este momento no tienes que preocuparte por nada. Mi trabajo es lograr que todo salga como lo hemos planificado. Solo tienes que relajarte y dejarlo todo en mis manos.

El Dr. Hudson tosió suavemente.

—Me gustaría retomar nuestra conversación sobre lo que estaba diciendo acerca de un posible patrocinio —dijo.

—Claro —respondió Grace—. ¿Me podría hablar primero un poco sobre Fabiola?

El director rió suavemente entre dientes mirando a Fabiola.

—La señorita Garza es una de nuestras estudiantes más valiosas —dijo guiñando un ojo—. Es un gran ejemplo para las chicas jóvenes del Valle, realmente una joya.

Fabi se quedó mirándolo incrédula. Estaba comenzando a sonarle como su hermana.

—De hecho, justamente acabo de decirle al claustro que necesitamos premiarla de alguna manera —añadió.

—Creo que es una excelente idea —dijo Grace sacando una pequeña agenda y garabateando una nota—. ¿Quizás en la fiesta usted pueda entregarle ese premio?

—Eso mismo estaba pensando —rió el director.

Fabi no entendía lo que estaba pasando. Observó a los dos adultos organizando su fiesta como si la conocieran de toda la vida. El director nunca había hablado ni dos palabras con ella antes de hoy y ahora quería entregarle un premio. Esto no era lo que ella esperaba. Necesitaba hablar inmediatamente con su hermana. Miró el reloj. ¿Quizás el director podía darle una nota de excusa?

—Discúlpenme —dijo Fabi intentando que le prestaran atención—. Dr. Hudson... debo volver al salón. No quiero que me regañen.

—No digas disparates, Fabiola —respondió el director sonriendo alegremente—. Este es un evento extremadamente importante para la escuela. Uno solo cumple quince una vez en la vida.

—Pero ya yo cumplí quince —respondió ella.

—Eso es puro tecnicismo. Por favor, siéntate —la invitó señalando una silla vacía—. ¿Quieres tomar algo? ¿Un refresco, tal vez?

Fabi negó con la cabeza. No le gustaba ni un poquito el giro que estaba tomando el asunto. Grace Cooper pudo leer la duda en su rostro.

—¿Podemos continuar nuestra entrevista más tarde? —le preguntó al director cerrando su agenda. Con un simple gesto le hizo al camarógrafo una seña de que la siguiera—. Quiero hablar un poco con Fabi, y quizás con algunos de sus maestros y amigos.

—Hablen con quienes deseen —dijo el Dr. Hudson abriendo los brazos de par en par—. Es un honor para nuestra escuela tenerla a usted y a su amigo camarógrafo en nuestro recinto. Una pregunta, ¿el programa de ustedes se transmite por cadena nacional?

—De costa a costa —respondió Grace mientras conducía a Fabi fuera de la oficina.

—Regresen cuando gusten —se despidió el Dr. Hudson sonriente.

Caminaron un rato en silencio por el pasillo. El camarógrafo las seguía resoplando, al parecer no la estaba pasando muy bien con los pesados equipos.

—¿Siempre hace tanto calor? —preguntó Grace. Su voz era suave y juguetona.

Fabi asintió, echándose fresco con la mano.

—Abril es bastante caluroso. Pero por suerte no es julio ni agosto. Entonces sí hace calor. La gente dice que se puede freír un huevo en la acera. Nunca lo he intentado. A mi padre le daría un ataque si gastara un huevo por gusto. Gracias a Dios que tenemos aire acondicionado, aunque a mi abuelita Alfa no le hace mucha gracia, dice que no es bueno para los pulmones y se niega a tener uno en su casa.

Fabi se dio cuenta de que estaba hablando demasiado y se contuvo.

—Fabi, eres una chica muy especial —dijo Grace sonriendo—. Debo decirte que te escogimos por encima de cientos de candidatas.

Fabi se estremeció.

“¡Cientos! ¡Qué responsabilidad!”, pensó.

—Eres la chica perfecta para *Sueños de quinceañeras*. Para ser honesta, realmente adoro tu historia. Insistí mucho para que fueras seleccionada. Ahora... —añadió bajando la voz y poniéndose seria—, no quiero que cambies porque está presente la cámara. Si has visto nuestro programa, sabrás que algunas chicas han sido exageradamente dramáticas. Se vuelven exigentes, se pelean con sus amigos, etcétera. De hecho, hubo una puñalada en nuestro último episodio. Eso no es lo que queremos aquí. *Sueños de quinceañeras* está intentando cambiar de imagen. Transmitir historias más profundas. Mostrar latinas ejemplares que se destacan en sus comunidades.

Fabi trató de mantener su sonrisa a pesar de que la ansiedad se la comía viva. No sabía cómo reaccionar a los comentarios de Grace. ¿Ejemplo? ¿Ella? ¿Dónde estaría Alexis? Debería estar aquí. Alexis y abuela Trini habían enviado la solicitud para *Sueños de quinceañeras*. Quién sabe qué escribieron para que la seleccionaran. La preocupación empezó a hacerle un nudo en el estómago. Pero no podía compartir esa inquietud con Grace. No podía darse el lujo de arruinar esta oportunidad. Era su única posibilidad de ganarle la apuesta a Melodee. Además, todo el pueblo estaba esperando la transmisión televisada de sus quince. Uno de los refranes de abuelita Alfa resonó en su mente: "Al mal tiempo buena cara". Así que puso su mejor cara y sonrió a pesar del creciente desasosiego.

—Quiero que actúes como si la cámara no existiera —le dijo Grace—. Queremos tomas tuyas en el salón de clases, en la casa y en el trabajo, haciendo lo que siempre haces. También quiero entrevistar a tus mejores amigas, las chicas que serán tus damas.

—Eso no será un problema —dijo Fabi.

Grace revisó sus notas y prosiguió.

—Me parece fantástico que le hayas pedido a tu abuela que sea una de tus damas. Nunca había escuchado algo así. Pero ustedes parecen compenetradas. Abuela...

—Trinidad —apuntó Fabi con un hilo de voz. Iba a matar a su abuela cuando llegara a la casa—. Así soy yo. La buena de Fabi —dijo más molesta de lo que hubiera deseado.

Grace sonrió.

—Hay otras cosas que debes saber sobre el programa. Nuestros patrocinadores suministran todos los artículos para la fiesta. Son maravillosos y solo necesitamos resaltarlos un poco para hacerles promoción, pero nada del otro mundo. Los mostraremos durante el evento, pero te prometo que ni siquiera lo notarás. La finalista del programa *Mejores diseñadores de Estados Unidos* diseñará y confeccionará el traje. Te llamará esta semana para tomarte las medidas y conversar sobre lo que deseas ponerte.

—¿De veras? —dijo Fabi asombrada. Ella adoraba ese programa.

—Tarjay suministrará las decoraciones, recordatorios, manteles, vajillas, todo lo que puedas imaginar. Incluso van a pagar el coreógrafo para el baile. Que es... —hizo una pausa para añadir énfasis—, nada más y nada menos que el coreógrafo personal de Jennifer López.

—¿En serio? —preguntó Fabi olvidando sus preocupaciones.

—Y eso no es todo —añadió Grace—. Acabamos de contratar al dúo más famoso de *reggaeton* de Guatemala, Duendes del Don. ¿Los has escuchado? Estarán promocionando su próximo disco en tu fiesta.

Grace le pasó el brazo por encima de los hombros a Fabi, que no podía creer su gran suerte. Se sentía en una nube. Grace suspiró y dejó escapar otra sonrisa cálida.

—Ay, Fabi. Será la mejor fiesta de tu vida. Te lo garantizo.

Fabi estaba deslumbrada. Era cierto que su abuela Trini se las había ingeniado para convertirse en dama. Pero este programa le iba a ahorrar a su familia muchísimo dinero, y ella iba a poder tener la fiesta más maravillosa de la historia. La gente estaría hablando de su fiesta de quince por los próximos años. Este sí que era un sueño de quinceañera hecho realidad.

—¿Bueno...? —dijo Grace.

Estaban paradas en la puerta principal de la escuela. Fabi se percató de que estaban justo encima del mosaico del pez peleador, la mascota de la escuela.

—No mencionan al chambelán en toda tu historia, y nos estamos preguntando si tienes en mente a alguien en especial —continuó Grace.

Fabi sintió que se le encendían las mejillas.

—¡Hay alguien! Lo sabía. ¿Quién es? ¿Viene a esta misma escuela? —preguntó la productora.

"Grace es tan simpática", pensó Fabi. Era como la hermana mayor que hubiera deseado. Fabi sintió que podía confiarle cualquier cosa.

—Bueno, hay un chico —comenzó a decir Fabi.

—¿Ajá? —apuntó Grace curiosa.

—Se llama Daniel Cruz —dijo Fabiola.

—¿Ya le has dicho?

—No.

—¿Y qué estás esperando? Fabi, ya sé que de alguna manera te estamos apurando; pero tenemos que acelerar los preparativos de tu fiesta para poderla transmitir en esta temporada del programa. Realmente creo que puede ser nuestro mejor episodio —dijo Grace mirando el reloj—. No hay tiempo que perder.

Miraron el horario de clases de Daniel en la oficina. La Sra. Galván, la secretaria, estaba feliz de brindarles cualquier información que necesitaran.

—Tiene Educación Física en el gimnasio. Todavía quedan veinte minutos de clase —dijo.

Mientras atravesaban la puerta del gimnasio, Fabi se detuvo. No podía creer lo que estaba a punto de hacer. Pero Grace, de alguna manera, le contagiaba valentía. La hacía sentirse como si realmente tuviera control sobre su vida. Además, no quería fallarle, a pesar de que acababa de conocerla.

El corazón le latía como nunca. Tragó en seco mientras el camarógrafo comenzaba el conteo regresivo: "Tres... dos... uno... rodando". Grace quería filmar todos los momentos importantes que antecedían a la fiesta, y escoger el chambelán encabezaba la lista.

—En caso de que no acepte —añadió Grace como una nota al margen—. Podemos editarlo.

"Excelente", pensó Fabi.

Fabi respiró profundo antes de entrar al gimnasio. El local olía a desinfectante con aroma a pino. Los balones saltaban por todas partes. Los alumnos gritaban en medio de un entrenamiento de basquetbol. Fabiola pensó por un momento que se había vuelto loca, pero la cámara seguía filmando. Ya no había manera de volver atrás.

El profesor de Educación Física notó la cámara y sopló el silbato. Los alumnos dejaron de practicar y se alinearon en sus números correspondientes marcados en el suelo, agradeciendo la interrupción. Fabi descubrió a Milo y trató de saludarlo. Él le devolvió el gesto con una sonrisa y se le iluminaron los ojos al ver la cámara.

—¿En qué puedo ayudarlos? —preguntó el profesor sonriendo como si ya estuviera informado.

"¿Sería que ya todos estaban enterados?", pensó Fabi. Intentó hablar, pero era un manojo de nervios. Por suerte, Grace intervino.

—Disculpe la interrupción, profesor —dijo señalando al camarógrafo—. Somos del programa de televisión *Sueños de quinceañeras* y estamos siguiendo a Fabiola Garza mientras prepara su fiesta de quince. Hay un chico muy especial aquí con el que ella quisiera hablar.

El maestro hizo un gesto para que Fabiola prosiguiera.

Lentamente, Fabi se acercó a la fila de estudiantes. Todos los chicos le sonreían esperando ser elegidos y así poder convertirse en una estrella del programa. Milo se ruborizó mientras la veía acercarse. Era uno de sus mejores amigos y, en parte, esto estaba sucediendo gracias a él. Sin embargo, Fabi se detuvo frente a Daniel. El chico la miró sorprendido.

"Estoy a punto de cometer un lamentable error", pensó Fabi. Apenas acababa de conocerlo. ¿Qué tal si se burlaba? ¿O la rechazaba en público? ¿En qué estaba pensando? Daniel estaba fuera de su liga, era demasiado atractivo para ella. Fabi trató de dar un paso atrás, pero Grace estaba justo tras ella.

—Humm, Daniel, hola —dijo Fabi.

—Hola —dijo Daniel.

—Estaba pensando, más bien, preguntándome. Sabes que pronto será mi fiesta de quince y necesito un chambelán. Entonces, me preguntaba si tú quisieras...

Todos hicieron absoluto silencio mientras se inclinaban hacia adelante para escuchar la respuesta. Daniel miró de reojo para todas partes y luego a la cámara que le enfocaba el rostro. Mientras lo veía ruborizarse, a Fabi casi se le sale el corazón del pecho. Sentía que estaba a punto de desmayarse. Daniel miró a Fabi esbozando una sonrisa.

—Claro —respondió con timidez.

La multitud comenzó a lanzar gritos de aprobación.

—Gracias, gracias, gracias —dijo Fabi saltando de la emoción y abrazándolo aliviada. Algunos alumnos corrieron hacia ellos a felicitarlos mientras el resto saludaba a la cámara. Por encima del tumulto, Fabi buscó a Milo, pero no lo vio por ningún lado.

capítulo 7

La semana pasó como un tornado. Grace andaba pegada a Fabi como un esparadrapo, asistiendo con ella a clases y entrevistando a sus amigos, maestros e incluso a las empleadas del comedor. Fabi estaba encantada con toda la atención. Su corazón estaba a punto de estallar. No sabía que la vida podía ser tan maravillosamente intensa. Deseó que todas las semanas fueran así. Pero para el viernes, ya quería descansar.

"¿Quién podía imaginar que ser una estrella fuera tan agotador?", pensó.

Grace dejó a Fabi en el restaurante después de clases. Tenía que reunirse con el director del programa y prometió regresar más tarde. Cuando Fabi estaba a punto de entrar al restaurante de su familia, escuchó una discusión que venía de la parte trasera del edificio. Las voces le sonaban familiares, así que decidió ir a ver.

Fabi asomó la cabeza al sucio callejón lleno de grafitis que daba al fondo del restaurante. Ella misma había pintado esas paredes tres veces en los últimos dos meses, pero una pared recién pintada era demasiado tentadora para cualquier chico amante del grafiti.

Las voces aumentaron de volumen y Fabi reconoció que una de ellas pertenecía a su primo Santiago. Iba a avanzar hasta el patio trasero cuando vislumbró a los hermanos Salinas, y se agachó detrás de la cerca de madera. Estaban de espaldas a ella, así que no podían verla. Lentamente se asomó por el portón.

—No te nos puedes esconder —dijo Brandon Salinas. Tenía a Santiago agarrado por el cuello de la camisa y lo sacudía con rudeza. A su lado, con el aspecto de tonto de siempre, estaba su hermano Travis.

—No te nos puedes esconder, socio —repitió Travis.

Fabi comenzó a ponerse nerviosa. Los hermanos Salinas eran unos buscapleitos. Desde niños estaban siempre robando bicicletas o dándole una paliza a alguien más pequeño que ellos para quitarle caramelos o un par de zapatos. Ahora que ya eran grandes, ella sabía que no estarían metidos en nada bueno.

—Socios, ya se los dije. No me voy a meter más en eso. Olvídense que existo, ¿de acuerdo? —dijo Santiago bajando la voz y zafándose de Brandon.

Santiago se veía cansado. Tenía una pesada bolsa de basura a sus pies y no paraba de mirar hacia atrás, a la puerta del fondo del restaurante.

Brandon lanzó un escupitajo al suelo.

—¿Qué dices? ¿Tú piensas que puedes salirte así de fácil? Tenemos un trato, *bróder*. Y queremos lo que es nuestro.

—No puedes salirte así como así —dijo Travis.

Santiago miró por encima del hombro de Brandon, y este le siguió la vista y volvió la cabeza en dirección a Fabi.

"Demonios", pensó ella.

Fabi salió de su escondite y caminó hacia la claridad, sin saber a ciencia cierta qué hacer.

—Mira, no puedo seguir hablando. Los llamo esta noche. Se lo prometo —murmuró

Santiago inclinándose hacia los hermanos Salinas.

Brandon miró a Fabi y asintió.

—De acuerdo. Pero mejor que llames. No me gusta estar persiguiendo a un basura como tú.

—Eso, basura —repitió su hermano.

Los hermanos Salinas caminaron hacia Fabi. Brandon hizo una leve inclinación de cabeza al pasar por su lado y Travis lo imitó.

"Qué par de imbéciles", pensó Fabi. Pero estaban armados de egos y pistolas y eso los convertía en tipos peligrosos. Y ahora temía que su primo se hubiera metido en camisa de once varas.

Cuando se marcharon, Fabi se acercó a Santiago, que estaba lanzando la bolsa de basura dentro del contenedor de desechos del callejón.

—¿Todo bien? —preguntó, sabiendo que no era así.

Santiago miró hacia el lugar por donde se acababan de marchar los hermanos Salinas.

—No te preocupes. Sé cómo arreglármelas con esos.

—Santiago —dijo Fabi ansiosa—, sé que no debo meterme en tus asuntos, pero estoy muy preocupada por ti. Hasta ahora has tenido mucha suerte, pero eso puede cambiar. Lo digo en serio.

—¿Tú piensas que no lo sé? —le respondió Santiago con brusquedad, y Fabi se sorprendió—. ¿No ves que estoy tratando de cambiar? Estoy yendo a la escuela y ayudando en el restaurante. Le dije a esa gente que no quería estar involucrado en sus negocios, pero ya los viste —dijo haciendo un gesto hacia el callejón—. Ellos no me van a dejar tranquilo.

—¿Por qué no se lo cuentas a alguien? —suplicó Fabi—. ¿Qué tal al oficial Sánchez? Quizás pueda ayudarte. Quizás pueda ponerles una orden de restricción o meterlos en la cárcel.

—Eso no funciona. Si los delato entonces sí que van a venir a vengarse. Esos imbéciles saben dónde vivo. No estoy preocupado por mí, pero pondría a mi mamá y a todos ustedes en peligro —dijo pateando furioso la tierra. Luego se volteó hacia Fabi y le sonrió, tratando de calmarla. Entonces volteó un cajón vacío y se sentó sobre él cabizbajo—. ¿Sabes qué es lo que realmente me fastidia?

—¿Qué? —preguntó Fabi agarrando otro cajón vacío y sentándose a su lado.

—Cuando estaba encerrado en el clóset de ese mafioso me puse a rezar. Y tú me conoces. Nunca rezo. Le rogué a la Virgen. Le juré que si me sacaba de ese enredo iba a cambiar. Y por un tiempo todo estuvo saliendo bien. Tengo esa linda maestra de inglés de Chicago y nunca llego tarde a sus clases —dijo riéndose entre dientes—. Incluso mi mamá está orgullosa de mí, ¿sabes? —se sopló un rizo de la cara—. Pensé que si ganaba bastante dinero ella podría dejar de trabajar y sería feliz. Pero ella prefiere que estudie. Incluso me trajo el otro día algunos panfletos de la universidad. ¡Ja! Pero todo es un sueño, una mentira. Supongo que me estaba engañando a mí mismo. Soy un fregado, Fabi, y supongo que siempre lo seré.

Fabi estiró la mano, pero fue interrumpida por una tos. Levantó la vista y vio a Grace Cooper parada en el portón sonriendo.

—Disculpen si los interrumpo —dijo.

Santiago se pasó la lengua por los labios, se levantó y se sacudió los pantalones.

—Hola, eres la de la televisión —dijo recuperando su encanto como si nada hubiera sucedido. Fabi no sabía cómo podía cambiar así de estado de ánimo—. Estás aquí para hacer un programa con Fabiola, ¿no es cierto?

—Pues sí, esa soy yo. ¿Eres de la familia?

—Bueno, no me gusta alardear —respondió Santiago enderezándose—, pero soy su primo más guapo.

Fabi sonrió dándole un manotazo en el estómago.

—¿Qué haces? —replicó Santiago fingiendo sorpresa—. Es cierto.

Grace sonrió disfrutando de las bromas.

—¿Entonces estarás en la fiesta de quince? —preguntó.

—Por supuesto —dijo Santiago rompiendo a bailar—. Llevo el baile en la sangre.

Grace volvió a reírse de las payasadas de Santiago. Después miró a Fabi y la luz se atenuó en sus ojos. Sacó un sobre de manila de su gran bolso de piel.

—Siento mucho tener que hacerlo, pero mi jefe quiere que firmes estos documentos.

—Está bien —dijo Fabi acercándose.

—Son documentos legales autorizándonos a filmarte en la casa y... —añadió con una expresión molesta en el rostro—. No encuentro una manera delicada de decirlo, pero mi jefe quiere permiso para grabarlo todo si te enfermas.

Santiago miró a Fabi sorprendido.

—*Okay* —dijo Fabi encogiéndose de hombros.

—Lo siento mucho, pero él quiere filmarlo todo —dijo Grace.

La conversación se ponía cada vez más extraña. ¿A qué se refería Grace? Pero en vez de preguntar, Fabi asintió callada.

Grace dejó escapar un suspiro de alivio y sonrió con tristeza.

—Ay, Fabi, eres una chica muy valiente. Aprecio mucho que nos dejes hacerlo —dijo echándole una mirada al reloj—. ¡Fantástico! Ahora tengo que irme. Queremos hacer algunas tomas del pueblo antes de que anochezca. Nos vemos mañana —dijo despidiéndose y encaminándose a la salida del callejón.

—¿De qué estaba hablando? —preguntó Santiago volviéndose hacia Fabi.

—No tengo la más mínima idea —respondió Fabi confundida. Sentía que algo raro estaba pasando y que las cosas estaban tomando un curso equivocado—. Pero sé quién sabe y voy a averiguarlo ahora mismo.

Fabi y Santiago entraron al restaurante por la puerta del fondo. Un clásico de Johnny Cash estaba sonando en la vieja vitrola y los clientes conversaban animados. En la cocina, donde el padre de Fabi estaba ocupado preparando los alimentos, se escuchaba el estruendo habitual de ollas. Y entre el comal y el mostrador, Chuy corría sirviendo los pedidos de tortillas de harina.

—¿Dónde estaban metidos ustedes? —preguntó Chuy en cuanto los vio—. La señora de la televisión vino preguntando por ti.

—La vi afuera —dijo Fabi señalando hacia el callejón.

Chuy asintió antes de dirigirse a Santiago.

—Ey, estos platos no se van a fregar solos —dijo.

—Prométeme que no mencionarás lo que viste allá atrás, lo de los hermanos Salinas

—le dijo Santiago a Fabi agarrándola por el codo—. Me encargaré de ellos, así que no quiero que te preocupes, *¿okay*?

—Pero Santi —protestó Fabi.

—Tú solo ocúpate de lucir fabulosa para las cámaras —dijo Santiago pellizcándole suavemente la mejilla—. ¿Está bien?

—Está bien —dijo Fabi—. ¿Me prometes que no harás ninguna locura sin antes avisarme?

Santiago la miró sonriendo mientras su tío también le pedía que lavara los platos.

—Tengo que seguir trabajando. El jefe quiere los platos limpios.

Fabi movió la cabeza en señal de disgusto mientras Santiago corría hacia la cocina. No podía evitar preocuparse por su primo. Pero ahora tenía demasiados problemas propios. Buscó por todo el salón a su abuela Trini y a Alexis. Estaban hojeando algunas revistas de moda y rasgando las fotos que les gustaban. Se dirigió a ellas en busca de respuestas.

—Hola —saludó Alexis con una sonrisa en cuanto la vio—. ¿Qué te parece este vestido? Me gustan los hombros, pero abuela Trini prefiere un vestido de dama estilo sirena.

—Tengo que mostrar lo que Dios me dio —dijo abuela Trini señalándose el pecho—. Antes de que sea demasiado tarde.

Alexis comenzó a reír, pero Fabi se quedó mirándolas muy seria.

—¿Qué pasa? —le preguntó Alexis.

—¿Qué pasa? —gritó Fabi.

Los clientes más cercanos dejaron de comer y se voltearon para ver qué estaba pasando.

Abuela Trini sonrió con una expresión afligida y haló a Fabi, sentándola en una silla a su lado. La gente perdió interés y volvió a sus conversaciones.

—¿Y a ti qué bicho te ha picado? —preguntó Trini con sequedad—. Este programa se llama *Sueños de quinceañeras*, no *Quinceañeras malcriadas*. Hemos hecho todo esto por ti y ahora nos pagas gritándonos como si fuéramos tus criadas.

Fabi no iba a permitir que su abuela la manipulara. Y menos ahora, que lo que ella realmente necesitaba eran respuestas.

—De acuerdo —dijo calmada—. No voy a actuar como una chiquilla, pero ustedes tienen que decirme qué está pasando realmente. ¿Por qué Grace me acaba de dar a firmar un paquete de planillas de consentimiento para cuando me enferme? ¿Por qué me dice a cada rato que soy una chica valiente? ¿Qué fue exactamente lo que ustedes escribieron en esa solicitud?

Abuela Trini y Alexis intercambiaron miradas. De pronto ambas se pusieron rojas como un tomate. A Fabi se le puso la carne de gallina. ¿Qué mentira habían contado?

—Quiero leer la carta que escribieron al programa —dijo.

—¿Y qué importa lo que hayamos dicho? —dijo abuelita Trini suspirando—. Lo importante es que lo conseguimos. Dentro de dos semanas vas a tener la fiesta de quinceañera más grande y más sonada de todo el Valle. ¡La gente va a estar hablando de ella por años!

En ese momento Fabi comprendió que tenía razones para estar realmente preocupada.

—¡La carta! —exigió tendiendo la mano.

Alexis se volvió hacia abuela Trini, que comenzó a buscar algo en su pecho hasta sacar una hoja de papel doblada.

—Esto es solo el borrador —dijo—. Lo guardé de recuerdo.

Fabi estiró la mano para agarrar la carta, pero su abuela no la soltaba. Forcejearon durante unos segundos hasta que abuela Trini finalmente se rindió.

—Está bien, te la daré. Pero lo hicimos porque te queremos mucho y queríamos que tuvieras la fiesta de quince que te mereces —refunfuñó.

Fabi no estaba para excusas. Quería saber los detalles. ¿En qué la había metido su familia? Le temblaron las manos mientras desdoblaba la carta impregnada de perfume Jean Naté. Se mordió el labio inferior mientras leía, reconociendo la caligrafía menuda de su hermana.

Queridos miembros del equipo de Sueños de quinceañeras:

Me llamo Fabiola Garza. Tengo quince años y mi sueño es tener una fiesta de quinceañera.

"Hasta aquí no suena demasiado mal", pensó y continuó leyendo.

Toda mi vida me he dedicado a cuidar a los demás. Me ocupo de mi hermana menor y mi hermanito como una madre porque mis padres trabajan muy duro y no tienen tiempo. Atiendo a mis abuelas enfermas que no pueden valerse por sí mismas. Estoy siempre pendiente de mi primo que es un pandillero y está intentando apartarse de la vida de matón.

"Exageran un poco, pero no es nada que no se pueda justificar..."

Pero tengo un secreto que mi familia aún no sabe. Un secreto que realmente me aterra porque sé que les traerá mucho dolor y dificultades. Me estoy muriendo.

—*¡Muriendo!*

Alexis y abuela Trini se retorcían temiendo la ira de Fabi.

—¡Teníamos que poner algo trágico! —gritó Alexis.

Padezco una rara enfermedad que los doctores no saben cómo curar y me han dado solo un mes de vida.

Fabi dejó caer la carta. No podía continuar leyendo. Sentía náuseas. ¿Cómo se habían atrevido? ¿Cómo habían sido capaces de mentir de ese modo? La confusión en su cabeza comenzó a disiparse mientras las piezas iban cayendo en su lugar. Los comentarios de Grace, los documentos legales... todo tenía sentido ahora. Grace pensaba que ella se estaba muriendo y quería cumplir su última voluntad.

Sintió un nudo en el estómago y apretó los puños. ¡Todo era mentira!

—¿Cómo pudieron hacerme esto? —gritó fuera de sí—. Esto... esto... No sé cómo llamarlo, pero es un disparate, un grandísimo disparate. No puedo creer que hayan mentido de esta forma. ¡Mentirle a *Sueños de quinceañeras*! Cuando lo descubran...

—¿Cómo van a descubrirlo? —preguntó Alexis con un tono de indiferencia—. Les dijimos que era un secreto. No les dirán nada a mami y a papi, estoy segura.

—Mija —dijo abuela Trini agarrándole la mano—. Has visto el programa. Ellos quieren drama. Así funciona la televisión. Solamente les dimos lo que querían. Ellos tendrán su episodio y nosotros nuestra fiesta de quince. Y todo el mundo quedará contento.

—¿Pero qué va a pasar cuando no me muera? —exigió Fabi—. ¿Eh? ¡Dime! ¿Qué sucederá cuando descubran que todo es mentira?

Miró las caras inexpresivas de su hermana y su abuela. Fabi no podía seguir adelante con esta farsa. Se levantó sin quitarle la vista a la carta. Sentía náuseas de solo mirarla. La agarró estrujándola entre sus manos y salió como una tromba del restaurante.

Esperó hasta haber caminado dos o tres cuadras antes de dejar escapar un grito de angustia. Le importaba poco lo que pensara la gente en la calle. Se sentía tan enojada con su hermana y su abuela Trini que ahora mismo tenía ganas de arrastrar a alguien por los pelos. Su familia siempre se las arreglaba para meterse en problemas. Tenía que escapar lo antes posible.

Se internó por una de las calles residenciales donde había pequeñas casas con coloridas flores silvestres a ambos lados de la carretera: girasoles brillantes y lupinos espigados adornaban los portones metálicos. Respiró el perfume de las flores y dejó escapar un suspiro. Era la peor pesadilla de su vida. Observó a una ardilla subir por el tronco de un olivo mexicano.

Hubiera deseado poder correr tras ella y esconderse para siempre entre las ramas del árbol. Seguía caminando como si los pies se movieran por sí solos. ¿Cómo iba a poder regresar? ¿Cómo enfrentarse a Grace y a todos en la escuela? ¿Cómo explicárselo a Daniel?

Fabi entró como un ciclón en el parque al final de la calle. Los niños jugaban en un área de recreo. Un grupo de chicos se había reunido en el terreno aledaño para jugar béisbol. Encontró un banco frente al terreno y se sentó. ¡No podía creer que su hermana y su abuela se hubieran atrevido a tanto! Las lágrimas, durante largo rato contenidas, comenzaron a rodarle por las mejillas. Pensó en todos los niños que aparecían en los comerciales televisivos, con las cabezas rapadas, que estaban muriéndose realmente. No era algo para bromear. Sintió tanta angustia que se cubrió la cara con las manos. ¿Qué iba a hacer ahora?

Justo en ese instante una pelota rodó hacia ella y se paró para recogerla. Uno de los jugadores se acercó a buscarla.

—¿Fabi? —escuchó que alguien decía sorprendido.

Fabiola se limpió la nariz y se encontró cara a cara con Daniel.

—¿Te sucede algo? —preguntó él.

Su cara mostraba tanta preocupación que Fabi no pudo contenerse y explotó en llanto. Daniel agarró la pelota y se la lanzó a sus amigos, que siguieron jugando mientras él abrazaba a Fabi. Ella estaba demasiado triste para ofrecer resistencia y se rindió a su abrazo.

Cuando finalmente se separaron, se quedaron juntos en el banco. Fabi no sabía qué decir. Se sentía como una idiota.

—Ey —dijo Daniel poniéndole una mano en el hombro—. Mi mamá siempre dice que uno se siente mejor cuando comparte sus problemas.

Fabi asintió, mirando la hoja estrujada de papel que aún tenía entre sus manos. Iba a contarle a Daniel solo lo de la carta, pero sin darse cuenta comenzó a revelárselo todo, comenzando desde el principio, con su plan original de ir a Nueva York con Georgia Rae, viaje que fue cancelado cuando Alexis se escapó de la casa y su papá la culpó de ello, prohibiéndole ir. Después sucedió lo de Melodee y la apuesta. Y para rematar le reveló toda la verdad sobre *Sueños de quinceañeras* y cómo su hermana y su abuela mintieron para que fuera aceptada por el programa. Cuando Fabi terminó se sentía mucho mejor. Daniel tenía razón. Aliviaba confiarle los problemas a alguien.

Él miraba hacia el terreno, como reflexionando sobre toda la historia, sin decir ni una palabra. Su silencio puso a Fabi nerviosa. ¿Pensaría que era una loca?

—Caramba —dijo él finalmente—. ¿Entonces mintieron para que pudieras participar en el programa?

Fabi hizo un gesto de resignación con la cabeza.

—¿Piensas que soy una mala persona por eso?

—¿Tú? Ni modo. No tienes la culpa de nada. Solo que... a veces la gente hace cosas que creen correctas en un momento sin pensar en las consecuencias.

—Lo sé. Es cierto —suspiró Fabi sintiendo todo el peso de la situación—. Estoy segura de que Alexis y abuela Trini no querían hacerme daño. Pensaron que me estaban ayudando a su manera. Mi mamá y mi papá nunca hubieran podido pagar una fiesta lujosa. El restaurante apenas da para cubrir los gastos, y si no trabajan como esclavos todos los días podemos perderlo todo. La situación es... bastante difícil.

—Quizás si se lo explicas a la gente de la televisión, ellos puedan entenderlo —comentó Daniel.

—Lo dudo —respondió Fabi negando con la cabeza—. Deberías haber visto la cara de Grace cuando me dio los documentos legales para que los firmara. Creen que me estoy muriendo a causa de alguna enfermedad terminal. Quieren montar una telenovela melodramática en la que todo el mundo termine llorando. No están interesados en mi historia. Soy solo una chica cualquiera de un pueblo pequeño, una perdedora.

Daniel le tomó una mano y se la apretó dulcemente. Ese gesto tierno hizo sentir mejor a Fabiola. Era una caricia cálida y reconfortante. Nunca antes había conocido a alguien como él.

—No eres una perdedora —dijo convincentemente—. Y no quiero escucharte decir eso nunca más. Yo sí soy un perdedor.

Fabi escuchó sus palabras y le soltó la mano. ¿De qué estaba hablando? Daniel era el chico más agradable que había conocido en su vida... y el más atractivo.

—¿Qué estás diciendo?

Daniel respiró profundo con la mirada fija en el terreno de béisbol. Parecía que iba a contarle algo, pero de pronto cambió de idea.

—No es nada. No me hagas caso.

Fabi lo miró fijamente. ¿Qué era lo que había estado a punto de decirle? Le vinieron un montón de cosas a la mente. Daniel la miró y sonrió.

—No es nada —repitió intentando tranquilizarla—. Creo que debes explicarle todo a la gente del programa. Ey, quizás lo hacen a pesar de todo. Ya están aquí y además han gastado mucho dinero en el salón de baile y las invitaciones. De todas formas tienen que filmar algún programa, ¿no crees?

—Bueno, supongo que no me queda otro remedio —dijo Fabi respirando profundamente y tratando de sonar más segura de lo que se sentía.

Había una dulzura en el aire que hizo que le sonriera a Daniel. Se acabaron las mentiras. Era hora de contar la verdad y aceptar las consecuencias.

capítulo 8

Fabi intentó hablar con Grace varias veces durante la semana siguiente. Pero Grace estaba todo el tiempo en McAllen, organizando la fiesta y planificando con los asistentes de las celebridades. Por otro lado, la diseñadora de moda era demasiado exigente y ocupaba casi todo el tiempo libre de Fabi. Era una perfeccionista sin sentido del humor que cambiaba el diseño del vestido más veces que las que el viento cambia de dirección.

Cuando el coreógrafo del baile la citó para la primera sesión de práctica, Fabi agradeció el receso. Extrañaba los viejos tiempos, atendiendo a su abuelo y escuchando sus historias de cuando la guerra, extrañaba el olor de la comida de su padre y todos los chismes que escapaban de los labios de su abuelita Alfa. Pero faltaba apenas una semana para el gran evento, y Fabi tenía la esperanza de que mientras más se demorara en contar la verdad, más probabilidades habría de que Grace siguiera adelante con la fiesta.

Después de clases se reunirían con el coreógrafo en el gimnasio de la escuela. El director estuvo de acuerdo en dejarles usar el local gratis. Alexis, abuela Trini y Fabi llegaron temprano. Y cuando Georgia Rae atravesó la puerta, fue como si entrara una ráfaga de aire fresco. Fabiola sentía como si hubieran pasado años desde la última vez que había visto a su amiga. Había tratado de contarle por teléfono sobre la mentira y el cargo de conciencia que sentía al seguir adelante, pero Georgia Rae estaba demasiado emocionada para compartir las preocupaciones de Fabi. La oportunidad de aparecer en la televisión nacional se daba una vez en la vida, le respondió animándola.

—Aquí estoy. ¿Te gusta? —preguntó Georgia Rae modelando su nuevo corte de pelo. Lo llevaba totalmente lacio y con reflejos rojos.

—Ay, mija —dijo abuela Trini admirándola—. Luces fabulosa, como una verdadera cantante pop de la televisión.

Fabi estuvo de acuerdo en que Georgia Rae lucía fantástica; y se preguntó si quizás no era hora de que ella también cambiara su *look*.

Todos voltearon la cabeza al escuchar una risa bulliciosa que venía del vestíbulo. Fabi aguantó la respiración mientras Santiago y Daniel se acercaban en compañía de un hombre canoso. El hombre, que cargaba un moderno aparato de música, tenía que ser el coreógrafo. ¿Pero quiénes eran las tres chicas que venían tras ellos? De pronto, Fabiola reconoció a Violeta, Noelia y Mona.

"¿Y estas qué hacen aquí?", pensó Fabi. No las había invitado a sus quince. Técnicamente no había invitado a nadie, pero sintió que se le enrojecían las orejas.

—Ey, Fabi, los encontramos caminando por el pasillo —dijo Noelia sonriendo.

—Anjá —añadió Violeta—. Le estábamos contando al Sr. Cardoza sobre el baile que preparamos para el espectáculo de talentos el pasado otoño.

—¿Sabías que fue él quien enseñó a bailar a JLo? —dijo Mona incrédula.

—Espero que no te moleste... —comenzó a decir Noelia un poco avergonzada.

—Pero quisiéramos quedarnos a mirar —terminó Violeta.

El Sr. Cardoza, ahora estaba claro que se trataba del coreógrafo, miró a las chicas como si acabaran de decir la estupidez más grande del mundo.

—¿Mirar? —dijo moviendo la cabeza con dramatismo—. Tres buenas bailarinas como ustedes no pueden mirar. No en mis ensayos. Ustedes, señoritas, practicarán con nosotros. Tú —dijo señalando a Noelia— serás la suplente de Fabi.

Fabi no lo podía creer. Solo tenían tres chicos.

—Leí tu historia —explicó el Sr. Cardoza mirando a Fabi—. Cuando no te sientas bien para bailar, una de estas chicas puede ocupar tu lugar. Ahora, chicos, reúnanse a mi alrededor.

Hizo señas para que todos se acercaran. Las tres chicas gritaron entusiasmadas y se unieron al grupo. El Sr. Cardoza advirtió la presencia de abuela Trini y negó con la cabeza.

—Señora —dijo dirigiéndose a ella—. Con todo el respeto, pero mi estilo de baile es muy riguroso. Soy un instructor estricto. No acepto excusas o recesos para ponerse Bengay. Mi estilo no es para personas recatadas. Algunos lo han calificado de obsceno y otros de vulgar. ¿Cómo creen ustedes que JLo desarrolló ese trasero?

Nadie respondió.

—Mi pregunta es la siguiente: ¿usted cree que podrá resistir?

Abuela Trini levantó una pierna y se deslizó haciendo un perfecto *split*.

—Mijo —le respondió desde el suelo—, si puedo bailar con el diablo y vivir para contarlo, puedo seguir tu baile obsceno.

El coreógrafo rompió en una divertida carcajada.

—¡Estupendo! Eso era exactamente lo que deseaba escuchar. *Okay*, empecemos con el calentamiento. ¿A ustedes les gusta la zumba?

—¡Esperen! —interrumpió Fabi—. Falta una persona —miró a Georgia Rae y a Alexis—. ¡Milo no ha llegado!

Georgia se encogió de hombros.

El Sr. Cardoza dio unas palmadas para llamar la atención.

—Te voy a perdonar la interrupción esta vez porque eres la quinceañera. Pero ni una más. Mi tiempo es oro. No puedo esperar por nadie. Ni siquiera por ti, cariño. Como dije, una de las chicas ocupará el lugar del que no pueda seguir el ritmo.

—Pero ellas son chicas —insistió Fabi.

El Sr. Cardoza levantó dos dedos de manera amenazante.

—¿Dónde me quedé? —dijo encendiendo la consola. Enseguida comenzó a escucharse un *reggaeton*—. Bueno, chicos. ¡Quiero que levanten el trasero así y muevan las caderas!

Al día siguiente, Fabiola no podía mover las piernas del dolor cuando trató de levantarse de la cama. Afortunadamente era sábado y no tenía que trabajar hasta el mediodía. Le dolía todo el cuerpo del riguroso ensayo de baile. Cada uno de sus músculos pedía a gritos socorro. Solo sonrió al recordar cómo abuela Trini los había retado moviendo la cintura. Pero se le borró la sonrisa al pensar en Milo. No había aparecido por el gimnasio. Se exprimió el cerebro intentando recordar si lo habría insultado de alguna manera, pero no le venía nada a la mente. ¿Estaría enojado porque Daniel iba a ser su chambelán? Claro, él se había ofrecido al principio, pero era solo por cortesía, tratando de ayudarla a salir del embrollo. ¡No era posible que se hubiera molestado por eso!

Fabi aguantó la respiración para sobreponerse al dolor y se levantó.

"No va a ser fácil —pensó agarrando la crema analgésica de la mesa de noche—. ¡Ay!"

Agarró prestada la camioneta de Santiago y la condujo hasta el parque de tráilers donde vivía Milo. La casa de Milo era la última de la primera fila, con flores artificiales plantadas en el jardín. Decía que su mamá prefería las flores sintéticas porque eran las únicas que no se le morían. Fabi le dio la vuelta al tráiler hasta el fondo y tocó en la ventana de la habitación de Milo. El chico asomó la cabeza por detrás de las oscuras cortinas. Tenía los audífonos puestos. Ella le hizo una seña para que saliera.

Fabi se mordió los labios, nerviosa. Durante el viaje había estado pensando en qué decirle. Pero la camioneta la mantuvo ocupada porque se le atascaba al tratar de cambiar de velocidad, y no pudo pensar en nada.

Cuando Milo abrió la puerta, Fabi le echó un vistazo al interior del tráiler. Con la excusa de que todo estaba desordenado, nunca la había invitado a entrar. Esta vez, Fabi alcanzó a ver a una mujer acostada en el sofá. Le faltaba una chancleta y a su lado, en el suelo, había una botella de whiskey Jack Daniels. Fabi apartó la mirada rápidamente con la esperanza de que Milo no la hubiera visto curioseando.

—Ey —la saludó Milo secamente, cerrando la puerta tras él.

—Ey —respondió Fabi.

—¿Qué hay?

—No mucho —dijo ella encogiendo los hombros—. Te extrañamos ayer en el ensayo del baile para la fiesta. No llamaste ni nada.

Milo se quedó en silencio. Miró hacia atrás, hacia la casa, y luego dejó vagar la mirada.

Fabi se preguntó cómo sería la familia de Milo. Él nunca hablaba de ellos.

—¿Quieres ir a caminar? —preguntó.

Milo asintió. Atravesaron un hueco en la cerca de alambre y salieron hacia un campo abierto. Era propiedad privada, pero nunca venía nadie. Durante un rato, el único sonido fue el crujido de sus pasos sobre la hierba seca. Mientras más avanzaban, más se internaban en el inhóspito paisaje del desierto. Una ligera brisa jugaba con el pelo de Fabi aliviando el sofocante calor.

"Qué tranquilidad", pensó Fabi. Vio un pájaro remontarse por encima de ellos.

—No creo que pueda ir a tu fiesta —murmuró Milo rompiendo el silencio.

—¿Cómo? ¿Estás loco? —replicó Fabi mirándolo consternada—. Pero... en parte eres responsable por esta fiesta. No puedes echarte atrás ahora. Sé que ayudaste a abuela Trini y a Alexis a escribir esa carta.

Milo chasqueó la lengua.

—Descubriste que te estás muriendo. Sabía que no era una buena idea. Les pedí que no escribieran eso —dijo con una expresión sincera—. Pero eran dos contra uno. Tu hermana puede ser muy insistente cuando se apasiona por algo.

—Me lo podías haber dicho.

—Iba a decírtelo, pero entonces fuiste escogida... y no tuve oportunidad.

Fabi lo comprendía. Cada vez que trataba de decirle la verdad a Grace, algo sucedía. El tiempo se le escapaba entre las manos. Tenía que contárselo todo antes de que fuera demasiado tarde. De repente, le vino a la mente la imagen de la madre de Milo acostada en el sofá.

—¿Está todo bien? Con tu mamá, en tu casa, quiero decir.

Milo la miró de soslayo.

—¿La viste?

Ella asintió.

—Se pondrá bien. Creo que perdió su trabajo en la tienda anoche. No te preocupes. Ya se le pasará mañana —dijo como si fuera un experto.

La actitud impasible de Milo hizo que Fabi se sintiera más como una extraña que como una amiga. No podía comprender la distancia que de pronto se abría entre ellos. Habían pasado de confesarse los sentimientos más profundos a un incómodo silencio en cuestión de días. También se dio cuenta de que Milo estaba más disgustado de lo que había pensado. Ahora se sentía realmente preocupada porque no quería perder su amistad.

—¿Hice algo que te haya molestado? —preguntó.

—No es nada —respondió Milo secamente.

—Es que éramos tan buenos amigos.

—Fabi.

—Venías todos los días al restaurante después de clases y ahora ni siquiera me hablas. Si hice algo, dímelo.

Milo negó con la cabeza. Agarró una lata de cerveza oxidada del suelo y la lanzó, aunque no llegó muy lejos.

—Milo —insistió Fabi en un tono más suave.

—No quiero hablar de eso, *¿okay?* —respondió él finalmente—. Solo necesito pasar un tiempo solo, eso es todo.

—¿Tiempo solo? Pensé que éramos amigos. Los amigos se hablan, ¿no te parece? —dijo Fabi comenzando a incomodarse con su actitud—. ¿Esto tiene algo que ver con Daniel?

Milo no dijo nada, y Fabi continuó.

—Daniel es un chico agradable. Te va a caer bien. Te juro que si vienes a los ensayos te darás cuenta.

—Tú ni siquiera conoces a ese tipo —dijo Milo mirándola de reojo—. ¿De dónde salió?

¿Quiénes son sus amigos? No sabes nada sobre él. Acaba de aparecer y ya lo has hecho tu chambelán —dijo Milo como una ráfaga—. Yo estuve a tu lado cuando nadie más lo estaba. Fui tu amigo cuando Dex trató de hundirte, ¿lo recuerdas? Pero has cambiado. Ahora que estarás en la televisión eres como Miss Popular. ¿Cómo sabes que no se está aprovechando de ti? Es más, lo he visto en el centro comercial conversando con Melodee.

Fabi dio un respingo. ¿Por qué le estaba diciendo esas cosas?

—¡Ese es su trabajo! —tartamudeó—. Trabaja en la pizzería, tiene que ser agradable con todos los clientes.

—No me gusta para nada —respondió Milo negando con la cabeza—. Y no hay nada que puedas decirme para convencerme.

—Estás celoso —dijo Fabi, sintiéndose molesta y frustrada. ¿Por qué Milo actuaba de este modo?

—¿Celoso? —preguntó Milo echándose a reír.

Fabi lo miró fijamente a los ojos, tratando de leer su mente. ¿Cómo se atrevía a reírse? ¿Por qué se comportaba de manera tan desagradable?

La expresión burlona en su rostro hizo que la sangre le hirviera.

—¿Sabes una cosa? Olvídate de todo. Tienes razón, no te necesito. No sé ni cómo me molesté en venir hasta aquí —dijo enojada—. Si vas a actuar de ese modo, entonces preferiría que ni vinieras a mi fiesta de quince —añadió, y se dio la vuelta para marcharse.

Comenzó el camino de regreso hacia la camioneta. Una parte de ella aún esperaba que Milo la llamara, se disculpara, hiciera cualquier cosa por retenerla. Pero no fue así. Redujo el paso. Él no iba a pedirle que regresara. Ella no quería marcharse de ese modo, pero ¿qué más podía hacer?

Durante todo el día, Fabi se esforzó por no pensar en Milo. Tenía muchas otras preocupaciones en ese momento. Más bien pensó en el consejo de Daniel.

"Quizás Grace entienda. Puede incluso que continúe adelante con la fiesta", se decía esperanzada. Pero justo cuando pensaba que las cosas ya no podían empeorar más, eso fue lo que sucedió. Al traspasar el umbral del restaurante se encontró en medio de una acalorada discusión entre nada más y nada menos que su padre y Grace Cooper.

—Saquen a esta sinvergüenza de mi restaurante ahora mismo —gritaba Leonardo Garza blandiendo amenazante una sartén en el aire.

Chuy y Santiago halaban a Leonardo hacia la cocina intentando calmarlo. Nunca antes Fabi había visto a su papá tan enojado. Se volteó hacia su mamá, que cubría con sus brazos a Grace como si fuera un escudo protector. Abuela Trini y Alexis trataban de convencer a Grace de que todo estaba bien y no tenía de qué preocuparse.

—Lo siento mucho, Sr. Garza —suplicaba Grace—. Se suponía que mi ayudante le iba a avisar. No fue mi intención...

—No fue su intención... Que lo siente... ¿Después de pagarle a mis espaldas a ese idiota de BJ para que preparara la cena de la fiesta de quince de mi hija?

Fabi no lo podía creer. ¡No podía tratarse de BJ Luján, del restaurante Los Granos de Mamá! Esa gente usaba manteca de cerdo vieja reciclada en su comida. ¡Eso lo sabía todo el mundo!

Grace bajó la cabeza sin saber qué responder. BJ Luján había intentado durante años robarle a Garza's la receta de su chili con carne. Todos sabían que era el mejor en el Valle. Incluso había llegado al extremo de pagarle a una camarera para que espiara para él.

Fabi miró a Grace pidiéndole una explicación.

—Pues entonces no iré a ninguna fiesta y ya está —dijo Leonardo sudando profusamente.

—Por favor, Leonardo —se quejó Magda—. No digas disparates. Es la fiesta de quince de Fabi. Se va a transmitir por televisión. Todos...

—No me importa —protestó Leonardo poniéndose una mano en el pecho—. Tengo mi orgullo y nadie me lo va a pisotear. No voy a ser humillado en la fiesta de mi hija. ¡Saca a esa vieja de aquí! No quiero ni verla.

—Lo siento mucho —repitió Grace sacando su celular—. Déjeme llamar a mi asistente y quizás podamos...

—¡Le dije que se fuera! —continuaba diciendo Leonardo, forcejeando con Chuy y con Santiago.

El Sr. Garza era un hombre fornido y parecía que estaba a punto de zafarse cuando de pronto soltó un grito de dolor. Se puso pálido y con los ojos desorbitados. Se agarró el brazo derecho y se desplomó en el suelo, arrastrando a Santiago y a Chuy consigo.

—¡Mami! —gritó Fabi corriendo hacia su padre—. ¡Mami! ¡Papi no se mueve!

Miró a su alrededor y vio a su madre petrificada en el mismo lugar, rígida como los pantalones almidonados del abuelo Frank. Nadie se movió.

—¡Alexis, llama al 911! ¡Llama al 911 rápido! —gritó Fabi.

—¡Ayúdenme! —dijo Santiago—. Tío pesa una tonelada. Me está aplastando la pierna.

Chuy y Fabi ayudaron a Santiago a salir de debajo de Leonardo.

—¿Está muerto? —preguntó abuelita Alfa sacando el rosario.

—¡No te atrevas a repetir eso! No está muerto —dijo Magda casi sin aliento.

Corrió hacia Leonardo y rompió a llorar. Alexis abrazó a su madre tratando de consolarla.

—Pues, no se está moviendo. A veces la gente se muere del coraje —explicó abuelita Alfa.

Grace se puso al lado de Fabi.

—La ambulancia está en camino. Estoy muy apenada. Me siento culpable. Esto no es lo que pretendía. Fabi, tienes que creerme. Solo pensé que ese día deberían relajarse y disfrutar. Lo siento mucho —dijo con los ojos llenos de lágrimas—. No pensé que...

Fabi quería decirle que todo estaba bien, que a su padre no le iba a suceder nada, pero Leonardo seguía en el suelo. Le había dado algún tipo de ataque. ¡Y lo cierto era que nada estaba bien!

Pronto llegó la ambulancia y llevó a Leonardo a toda velocidad hacia el hospital de McAllen. La familia se amontonó dentro de los autos y siguió las luces parpadeantes.

"¿Cómo pudo suceder algo así?", pensó Fabi sentada en el asiento trasero del auto de abuela Trini.

Nadie pronunció palabra durante el trayecto. Abuela Trini ni siquiera encendió la radio. Fabi iba observando como se oscurecía el cielo. Se sentía atontada. Su hermana lloriqueaba a su lado. Podía escuchar el ruido de las cuentas del rosario repicando unas contras otras mientras abuelita Alfa murmuraba oraciones en el asiento delantero. Por primera vez, abuela Trini no se quejó y rezó en silencio.

Un escalofrío recorrió a Fabi. No podía evitar sentir que todo lo que estaba sucediendo era culpa suya.

capítulo 9

Leonardo se recuperó. Había sufrido un ligero ataque al corazón, pero el tratamiento médico dio excelentes resultados. Los médicos quisieron dejarlo ingresado por unos días hasta asegurarse de que todos los signos vitales regresaran a la normalidad. El padre de Fabi no había hecho caso de las advertencias de sus doctores y ahora pagaba las consecuencias. Le recetaron un cambio de dieta, ejercicios diarios y que evitara el estrés. Al final de la semana regresó a casa. Fabi se prometió a sí misma que haría todo lo que estuviera a su alcance para que su padre tuviera la mayor tranquilidad posible.

Chuy asumió las responsabilidades de cocinero y Fabi le servía de asistente entre la escuela, los ensayos y otras obligaciones relacionadas con su fiesta de quince. Sabía que tenía que decirle cuanto antes la verdad a Grace, pero en un restaurante siempre hay muchas cosas que hacer, como ordenar, limpiar y botar, que simplemente no pueden postergarse. No fue hasta que Grace se le acercó indagando por la fiesta de Melodee que comprendió que ya era demasiado tarde.

—¿Crees que le importará si vamos hoy contigo? —preguntó Grace, sentándose en una mesa frente a Fabi, que se estaba tomando un descanso.

¡Había llegado el día de la quinceañera de Melodee! Con todo lo que estaba pasando, Fabi se había olvidado de ello completamente.

"Demonios", pensó, sonriéndole a Grace desde el otro extremo de la mesa.

—Seguro. No creo que le moleste.

—Magnífico —respondió Grace escribiendo algunas notas en su agenda—. Solo queremos hacer algunas tomas de otras quinceañeras para un corto promocional —dijo alargando el brazo para tomar las manos de Fabi—. ¿Cómo se siente tu papá?

—Está mucho mejor. Ya ha comenzado a dar vueltas por la casa con un andador que le prestó abuelita Alfa. Se queja por todo. Lo que es siempre un buen signo.

Grace sonrió.

—Me siento muy mal por todo lo que pasó, ¿sabes? No fue a propósito...

—Lo sé —dijo Fabi con la vista fija en el mantel de plástico rojo. Había una mancha de salsa seca en el borde de la mesa.

Fabi sacó un trapo húmedo del bolsillo de su delantal y comenzó a frotarla. Decidió que era hora de aclararlo todo. Tenía que contarle la verdad a Grace ahora mismo, antes de que sucediera algo peor.

—Hay algo que tengo que decirte... —comenzó Fabi.

—Sé lo que me vas a decir —interrumpió Grace—. No tienes la culpa de nada. No quiero que te culpes. Deberías ver las tomas que tenemos de tu papá —dijo Grace limpiándose una lágrima con el reverso de la mano—. Está realmente muy orgulloso de ti. Ese día significa mucho para él. Nunca creyó que podría ofrecerles a ti y a tu hermana las oportunidades que se merecen. Esta fiesta es muy importante para él.

Fabi sintió que el corazón se le estrujaba de

solo pensar en todas las personas que se veían ahora afectadas por esta fiesta. Ya no se trataba de ganar una estúpida apuesta. Su quinceañera se había convertido en la culminación, el sueño de cada persona que conocía; un sueño construido con la sangre, el sudor y la esperanza de generaciones pasadas. Era el sueño de un mejor futuro. Un sueño de quinceañera. Pero ese sueño se había convertido rápidamente para Fabi en una cruz difícil de soportar.

—¿Entonces te recojo alrededor de las cuatro? —preguntó Grace.

—Sí —respondió Fabi sin entusiasmo.

Cuando Grace se marchó, Fabi buscó su celular y marcó el número de Georgia Rae. ¿Cómo había podido olvidar la fiesta de quince de Melodee? ¿Qué se iba a poner? Le dio una mirada al reloj: eran las dos en punto. ¡No, no era posible!

Por fortuna, su amiga respondió al segundo timbrazo.

—Georgia Rae —gritó Fabi tocándose la cabeza y notando que tenía el pelo sucio. ¡Sintió que se le disparaba el corazón!—. ¿Qué estás haciendo? Cualquier cosa que sea, ¡déjala para después! Tenemos una emergencia. Hoy es la quinceañera de Melodee. ¡Sí! Hoy mismo. Me estoy volviendo loca. Te necesito aquí ahora mismo.

Cuando Fabi colgó, abuela Trini y Alexis estaban paradas junto a ella. ¿En qué momento habían aparecido?

—Lo oímos todo —dijo Alexis muy seria.

—Nosotras estamos aquí para ayudarte, mija —le aseguró abuela Trini poniendo una mano sobre el brazo de Fabi—. Esa diseñadora dejó en mi casa un bulto de vestidos que había hecho pero que no le gustaron. Vamos a probárnoslos. Puedo ajustar cualquier detalle que no esté terminado. Verás que todas vamos a lucir lindas para la fiesta.

—¿Todas?

Alexis puso los ojos en blanco.

—Bueno, sí, por supuesto que vamos a acompañarte. No pensarás que te vamos a dejar ir sola. Déjame llamar a Santiago y a Chuy.

—¡No, espera! —dijo Fabi agarrándola por el brazo—. Solo tengo una invitación. No puedo llevar a cinco invitados —dijo levantando las manos—. Tres ya es bastante. Además, alguien tiene que atender el restaurante mientras estamos fuera.

—No se preocupen por el restaurante —gritó abuelo Frank con la visera de la gorra de veterano hacia atrás. Le guiñó un ojo a Fabiola—. Arriba muchachos —dijo, haciéndoles una seña a sus amigos sentados a lo largo de la barra—. Vamos a recordar los viejos tiempos en los cuarteles.

Fabi le sonrió a su abuelo y a la brigada de veteranos. Los viejos comenzaron a bromear unos con otros invadiendo la cocina. Era bueno contar con su apoyo.

—Yo me encargaré de preparar un poco del famoso chili —exclamó abuelita Alfa encaminándose a la cocina.

Parecía que todos querían ayudar. Fabi hubiera deseado quedarse y pasar un rato con ellos, pero el reloj seguía avanzando y tenía que acicalarse para la primera batalla de quinceañeras.

Abuela Trini, Alexis, Georgia Rae y Fabi llegaron a la fiesta de quince de Melodee después de las cuatro. Parecían más una pandilla que un grupo de invitados. Las cuatro iban vestidas iguales, con vestidos de dama que la diseñadora había descartado. Alexis pensó que era una buena idea. Así mostrarían su unidad, según ella. Pero Fabi sabía que era porque este era el modelo más atractivo del lote. La diseñadora le llamaba al color de los vestidos "fucsia quemado", y juraba que era el último grito de la moda. El modelo de los vestidos colgaba de un hombro y tenía una falda aglobada que terminaba justo encima de las rodillas. A Fabi no le gustaba la rosa que llevaba al hombro, pero no había tiempo de quitársela. En la puerta del Centro de Convenciones de McAllen se encontraron con Grace y el camarógrafo.

El Centro de Convenciones era un espacio de exhibiciones colosal donde se exhibían espectáculos y actuaban los cantantes más famosos. Fabi había estado allí una sola vez para ver un espectáculo. Y ahora se sentía emocionada de volver al majestuoso edificio, que hacía que cualquier cosa pareciera mucho más especial.

La fiesta de Melodee ya estaba en pleno apogeo. Tenía servicio de valet para estacionar los autos de los invitados y una alfombra roja de verdad. Una banda de mariachis les daba la bienvenida a los invitados que iban llegando.

Fabi le sonrió tímidamente a Grace, y la productora le apretó una mano con complicidad.

—No te preocupes. La tuya será mejor —dijo.

Entraron con la multitud y siguieron hasta el salón de baile. Georgia Rae se le acercó por la espalda y la pellizcó.

—Ey, ¿ya te diste cuenta?

Fabi miró a los otros invitados. Todos vestían trajes y bellos vestidos.

—No, ¿qué cosa? —susurró Fabi.

—Todo están vestidos de blanco y negro.

Fabi volvió a mirar y se dio cuenta de que Georgia Rae tenía razón. Su amiga le pidió la invitación.

—Demonios —maldijo Georgia Rae en voz baja—. Mira, dice que hay que vestir de blanco y negro.

—No te creo —respondió Fabi entre dientes. No había manera de que pasaran desapercibidas.

—Ya es demasiado tarde —interrumpió Alexis encogiéndose de hombros—. Qué importa. Así nos destacamos.

Mientras se acercaban al salón de baile, Fabi

empezó a sentirse nerviosa. No podía controlar los temblores ni los latidos acelerados de su corazón.

—Vamos a echar un vistazo y nos vamos. No quiero quedarme mucho rato.

Abuela Trini, que había permanecido inusualmente quieta hasta entonces, se aclaró la garganta.

—Al mal tiempo buena cara —dijo resuelta.

Georgia Rae la miró asombrada.

—Debemos lucir alegres aunque nos disguste la situación —explicó Trini sonriendo.

Las chicas asintieron.

—Fabi, lleva tú el regalo —dijo Trini sacando una linda caja forrada de su bolso.

—¿Regalo? Abuela, pero si no tuvimos tiempo de comprarle nada.

—Ya lo sé —respondió Trini—. Por eso envolví este elefante rosado de cerámica que tu abuela Alfa me regaló las navidades pasadas —dijo haciendo una mueca.

Fabi sonrió agarrando el paquete. En ese momento, sintió que se moría de amor por esa viejita loca bañada en perfume.

—Vamos a felicitar a la quinceañera y su familia —dijo abuela Trini señalando con los dedos mientras hablaba—. Luego comemos algo y nos marchamos. En ese orden.

Las chicas volvieron a asentir.

—Si vamos a resaltar —añadió Trini encaminándose hacia la entrada del salón—, debemos ir con la cabeza en alto y caminar con estilo.

Georgia Rae, Alexis y Fabi se morían de la risa al ver a abuela Trini caminar por el vestíbulo como si fuera la dueña del lugar, y entraron pavoneándose a la fiesta de quince de Melodee Stanton como si fueran la familia real de Dos Ríos.

La música estremecía las paredes del salón. Fabi se detuvo junto a la fuente de *fondue* de chocolate con la boca abierta. El recinto estaba elegantemente decorado con suntuosas alfombras rojas y un asombroso sistema de luces que proyectaba diseños de colores en tres paredes. En la cuarta, frente a la mesa principal, había un fotomontaje de Melodee.

—Miren —gritó abuela Trini señalando hacia arriba.

Del techo colgaba una deslumbrante lámpara de cristales en forma de mariposa con las alas abiertas. Todo era realmente maravilloso.

"Debe haber por lo menos unas doscientas personas", pensó Fabi mirando a su alrededor.

Las mesas estaban decoradas con ramas de sauce, flores blancas y velas. Cada puesto tenía una tarjeta personalizada con un nombre. Había dos mesas con pasteles de cumpleaños, flanqueando una mesa con una montaña de regalos. Los invitados conversaban sin parar o se paseaban por el bar o la pista de baile.

Fabi sintió que quería desaparecer.

En ese momento se escuchó un ruido por los altavoces y todos dejaron de hablar. Melodee entró por una puerta lateral del salón. La corte de quince venía tras ella. Todos comenzaron a aplaudir. La quinceañera llevaba un vestido de noche sin tirantes de satén blanco y negro, con la parte de arriba de encaje y cuentas. Una elegante tiara sujetaba su ondulado cabello rubio. Melodee tenía en la mano una copa de champán, y Fabi se preguntó si estaría borracha.

—¿Esta cosa está encendida? —le preguntó al chico del audio, agarrando el micrófono.

El chico le respondió con un gesto. Melodee recorrió con la vista la pista de baile hasta que su mirada se tropezó con la de Fabi.

—Bueno —dijo—, es hora de que comience la diversión. Veo que han llegado todos los invitados.

Fabi no pudo evitar que se le escapara un gemido. Tenía un terrible presentimiento. Allí estaba ella, de pie, resaltando como un semáforo entre todos los invitados. Georgia Rae y Alexis le apretaron las manos, y ella les agradeció en silencio que estuvieran allí.

—Vayamos por partes —continuó Melodee con su desagradable voz—. Quisiera agradecerles a mis adorados padres por haber pagado esta fabulosa fiesta.

Los invitados aplaudieron cortésmente.

—También quiero agradecerle a Fabiola Garza por tener el coraje de venir a mi fiesta y traer las cámaras de televisión. Les prometo que tendrán un buen espectáculo —dijo dirigiéndose al camarógrafo del programa *Sueños de quinceañeras*—. Quiero darle a Fabi una muestra de mi aprecio porque honestamente no creo que me hubiera divertido tanto organizando este día sin una buena razón.

Una de las damas de Melodee le trajo a Fabi un regalo envuelto. Los invitados aplaudieron nuevamente mientras Melodee le lanzaba un beso a Fabi.

Fabi tiró de la cinta negra y abrió la caja. Dentro había una máquina eléctrica nueva, del tipo que se usa para raparse la cabeza. Era algo horrible. Melodee sonreía diabólicamente desde el otro lado del salón. Un tipo comenzó a reír detrás de Fabi.

—Oh, y no puedo olvidar a una última persona —añadió Melodee mientras alguien se acercaba por detrás de ella—. Quiero agradecerle a mi bello, dulce y complaciente nuevo novio por estar aquí hoy. Tú hiciste mi victoria posible. Gracias a mi amor, Daniel Cruz.

A Fabi se le cortó la respiración. ¿Había escuchado bien? Pues sí. Observó horrorizada como Daniel se paró junto a Melodee. ¡Daniel!

A Fabi se le vino el mundo a los pies. Sintió como si una docena de anzuelos le perforaran el pecho y le desgarraran el corazón.

—Ey —preguntó Georgia Rae—, ¿ese no es tu chambelán?

Fabi tardó unos segundos en reaccionar. Fue incapaz de contener las lágrimas que comenzaron a rodarle por las mejillas. Estaba sufriendo la peor humillación de su vida. Todos se voltearon para ver su reacción, como si fuera una broma que estuvieran esperando.

Parado en la tribuna, Daniel no levantaba la vista de los zapatos, lo que a Melodee no parecía importarle. Se acercó a él y le dio un largo beso en los labios.

—Como ustedes ven, mi novio está locamente enamorado de mí hasta el punto de hacer cualquier cosa por hacerme feliz. ¿No es cierto? —dijo Melodee regodeándose mientras le pasaba un brazo alrededor a Daniel.

El chico sonrió confirmando sus palabras.

—¡Maldita! —gritó Fabi. Un torrente de insultos le venían a la mente.

En ese momento, una mujer le gruñó en señal de desaprobación. Fabiola notó como todos a su alrededor la miraban como si hubiera sido ella la que hubiera hecho algo malo.

Melodee balanceó la cabeza hacia Fabi con sarcasmo.

—¿Está filmando la cámara? —preguntó.

Grace asintió, y Fabiola sintió pánico. Tenía que sacar a Grace cuanto antes de ese lugar.

—Por favor, disculpen a Fabiola Garza —continuó Melodee sin inmutarse—. No es su culpa que no tenga ninguna educación. ¿Qué tal si ponemos un poco de música mientras los camareros sirven la comida?

Los invitados recuperaron inmediatamente el ánimo festivo, ignorando la indignación de Fabi, que se volteó hacia Georgia Rae sin saber qué decir. Sus sentidos estaban embotados. Vio a Melodee caminar hacia ella, arrastrando a Daniel, y se quedó sin aliento.

"¿Y ahora qué voy a hacer?", pensó.

Melodee le lanzó una sonrisa burlona al pasar por su lado y ver que iba vestida igual que abuelita Trini, Alexis y Georgia Rae. Finalmente se detuvo frente a Grace y la cámara. A Fabi se le quería salir el corazón del pecho. Daniel estaba parado justo detrás de ella, sin mirar a Fabi, que estaba a solo tres pasos de distancia.

—Es irónico que el programa de ustedes se llame *Sueños de quinceañeras* —dijo Melodee sonriendo a la cámara—. Es irónico, porque eso es lo que realmente es para la "gordis": un sueño. Sus planes de fiesta de quince... son todo un sueño. —Melodee suspiró profundo y miró a Fabi de reojo—. Te dije que no jugaras conmigo.

—¿De qué está hablando? —preguntó Grace volteándose hacia Fabi.

—¡Ja! Buena pregunta... ¿de qué estoy hablando? —dijo Melodee atrayendo a Daniel hacia ella—. Simplemente que mi novio me contó cómo Fabiola le había MENTIDO a los productores de la televisión para que la escogieran para el programa.

Grace miró fijamente a Fabi rogándole con la mirada que le dijera que no era cierto lo que acababa de escuchar, pero Fabi se quedó muda.

—Eso mismo que estás pensando. Fabi no se está muriendo —dijo Melodee burlona—. No, sería demasiado bueno para ser cierto. La querida Fabi es solo una mentirosa. Tan patética que tiene que mentir para llamar la atención. Tan patética que creyó que mi novio...

"Ni una palabra más", pensó Fabi llevándose las manos a los oídos y saliendo a toda velocidad del salón con las palabras de Melodee resonando en su cabeza.

Fabiola sintió que las lágrimas le rodaban por el rostro, pero ni siquiera se molestó en limpiárselas. Acababa de vivir el momento más cruel que una persona pudiera imaginar. Comenzó a correr a través del estacionamiento, pero le molestaban los zapatos y se los quitó. Pensó llevarlos en la mano, pero estaba tan enojada que los arrojó contra el Centro de Convenciones mientras maldecía.

Se apresuró a llegar al final de la cuadra porque no quería ver a nadie. Quizás podía irse a México. Desaparecer cruzando la frontera. No sabía a dónde ir; así que se dirigió al norte, lejos de su familia y sus amigos, lejos de su vida.

capítulo 10

El insoportable calor le cocinaba la espalda y el vapor de la acera la hacía sentir como si caminara sobre carbones calientes. Pero estaba tan angustiada que nada le importaba. Los autos la salpicaban con fango al pasar junto a ella. El vestido le quedaba demasiado ajustado y le picaba. Estaba sin aliento y sentía que le ardía la piel. El centro de McAllen estaba lleno de grandes cadenas de tiendas calle abajo y calle arriba. Pronto las dejó atrás, y en su lugar apareció un gran naranjal.

Era uno de los últimos sembrados que quedaban en la ciudad. Para los granjeros era más rentable vender la tierra a los especuladores que dedicarse a cultivarla. Se sentían unos diez grados menos a la sombra de los árboles. Fabiola se detuvo y agarró una naranja. Le supo agridulce. El jugo le resbaló por la comisura de los labios, recordándole cuando era pequeña y su papá traía frutas de las cosechas locales al volver a casa. La vida era tan sencilla entonces. Anhelaba esos tiempos. El sonido de una bocina le hizo levantar la vista. Abuela Trini bajó la ventanilla de su auto tras estacionarse a un lado de la carretera.

—Ay, mija —dijo dulcemente bajándose del auto y dejando en él a Alexis y Georgia Rae—. ¿Estás bien?

Fabiola miró a su abuela como si no la reconociera. No le parecía real. Nada le parecía real: la fiesta de Melodee, Daniel, la cara de Grace al saber la verdad.

Fabi quería despertar de aquella horrible pesadilla de quinceañera, pero ver a su abuela caminar hacia ella con su alto peinado enmarañado, su vestido fucsia y sus enormes aretes era prueba suficiente de que lo que acababa de vivir no era un sueño. Y, por alguna razón inexplicable, a pesar de la horrible vergüenza que había sufrido, comprendió que su familia siempre estaría allí para apoyarla. Y ese pensamiento hizo que rompiera a reír a carcajadas. El recuerdo de Milo y Alexis defendiéndola de Melodee, las conversaciones con Daniel en la biblioteca, el encuentro con Melodee en el baño, la cámara de televisión y todo lo demás pasó por su mente como si fuera una película.

"¿De qué valió todo?", pensó.

No se había dado cuenta del gran peso que llevaba en los hombros hasta ese mismo momento. Y de pronto se sintió feliz, liberada, como si se desprendiera de una vieja piel.

—Hemos armado tremendo lío, ¿no es cierto? —le dijo a su abuela.

—Nos cacharon —respondió abuela Trini haciendo una pausa para agarrar una naranja. Luego se puso a mirar la larga hilera de árboles—. Conocí a tu abuelo en un sembrado como este. Una adivina me dijo que me encontraría a un hombre feo que olía a cítrico pero que tenía una voz tan dulce como la miel —dijo abuela Trini sonrojándose—. Dijo que le daría muchos hijos. Al principio pensé que me estaba echando una maldición porque yo había sido novia de su hijo. Pero cuando Rafa me dio una serenata a los pies de una escalera, supe que la adivina no se había equivocado.

Fabi sonrió. Lil Rafa, su abuelo muerto, no había sido un hombre guapo, pero tenía una voz maravillosa. De todas formas, no entendía por qué su abuela le estaba contando esta historia. Trini se le acercó y le dio un abrazo.

—Lo siento mucho, chiquita —dijo apretando la cabeza de Fabi contra su pecho—. No sé qué me hizo recordar esa historia. Quizás fue solo verte ahí, luego de que te calumniaran como si fueras una cualquiera, lo que hizo que me acordara de cuando era joven y las chicas odiosas decían cosas feas de mí.

—¿De veras, abuela?

—Ajá. En esa época éramos muy pobres. No teníamos electricidad ni piso de losa. Pura tierra —dijo pateando el suelo para enfatizar—. Ni siquiera tenía zapatos para ir a la escuela. Pero siempre tuve vestidos bonitos. Podía coserlos yo misma —añadió con orgullo—. Era muy buena costurera. Podía ir a las fábricas por la noche, agarrar recortes del depósito de basura y hacer vestidos tan bellos que hacían que las chicas ricas se avergonzaran —siguió diciendo con una sonrisa—. Y por supuesto que también se morían de envidia, porque yo era talla doble D en la secundaria y esas chicas solo tenían dos picadas de mosquitos en el pecho.

Fabi rió.

—Pero sabían herirme sin que me quedaran marcas por fuera. Usaban las palabras. Todavía cargo con esas heridas —dijo abuela Trini llevándose la mano al pecho.

—¿Y qué hiciste? —preguntó Fabi.

—Fui a ver a una adivina, una cartomántica. Quería usar las palabras para herirlas también. No iba mucho a la escuela, así que no sabía luchar con sus mismas armas. Estaba tan enojada que quería echarles una maldición, hacer que se les cayera el pelo.

—¿Y qué sucedió? —preguntó Fabi curiosa, disfrutando cada palabra de la historia de su abuela.

Abuela Trini terminó de comerse el último gajo de naranja.

—La cartomántica me habló de tu abuelo y mi vida cambió para bien. Cuando Lil Rafa se convirtió en un cantante famoso, esa fue mi venganza. Todas esas mujeres son hoy en día unas viejas que se caen a pedazos. Las veo algunas veces. Tienen los corazones tan arrugados que parecen ciruelas pasas y están consumidas por todo el odio y el veneno. Cuando las veo, levanto la cabeza, meneo el pelo, que tú sabes que es mío, y les demuestro lo maravillosa que terminó siendo mi vida.

Fabi se hinchó de felicidad por su abuela.

—Quizás necesito ver a esa adivina —dijo medio en broma.

—Esa es una gran idea. No la he visto en mucho tiempo, desde que me vendió aquella poción de amor que funcionó tan bien —dijo echándole una mirada a su reloj—. Si nos apuramos podemos llegar antes de que cierre. Doña Lisa siempre cierra a la hora de la novela.

Fabi se volteó y miró hacia la arboleda. Se quedó mirando unas abejas que zumbaban de flor en flor entre los naranjos. Una parte de ella quería quedarse allí. Deseaba que la dejaran sola para sumirse en su propia pena; no estaba segura de sentirse lo suficientemente fuerte para enfrentarse al mundo. Pero quizás ver a una adivina era exactamente lo que necesitaba.

Dejaron a Alexis y a Georgia Rae en la casa antes de regresar al centro de McAllen. Se estaba haciendo de noche y Fabi advirtió los brillantes rayos de los reflectores iluminando desde el Centro de Convenciones. Se mantuvo en silencio, intentando concentrarse en la carretera, pero el recuerdo de la fiesta de Melodee se colaba una y otra vez en su mente como si fuera un mosquito. ¿Estaría Daniel bailando con Melodee en este mismo instante? ¿Se estarían abrazando en la pista de baile? No podía creer aún que él hubiera sido capaz de hacer algo así. ¿Cómo pudo engañarla de ese modo? Ella había confiado en él. Se había sincerado con él como no lo había hecho con nadie más, ni siquiera con su hermana. Había llorado sobre su hombro. Y ahora los recuerdos le aguijoneaban el pecho como si tuviera acidez.

Se estacionaron frente a una diminuta fachada intercalada entre una tienda de neumáticos usados y una lavandería con una caricatura de una lavadora persiguiendo burbujas. La calle estaba desierta, excepto por una madre con sus tres hijos que empujaba un carrito de compras lleno de ropa. Abuela Trini caminó hacia la puerta y tocó el timbre. El lugar se llamaba La India Poderosa. Encima de la puerta colgaba una pintura de una indígena de tez morena, pómulos prominentes y ojos rasgados, que sostenía una pluma en una mano y una vela en la otra. Había un altar en la vidriera, adornado con imágenes de varios santos, velas, rosas secas y collares dorados. El interior del local estaba oculto detrás de una pesada cortina de terciopelo.

"A la India le gusta la privacidad", pensó Fabi.

Siempre había deseado entrar a uno de estos lugares, pero abuelita Alfa la tenía aterrorizada con historias de cultos satánicos que secuestraban a niñas pequeñas para aparearlas con el diablo. La puerta se abrió con un zumbido y entraron.

Adentro, el aire estaba cargado de una mezcla dulzona de incienso de sándalo, cera de velas y... arena para gatos. Atravesaron una tienda tipo farmacia con un largo mostrador de vidrio que ocupaba la mitad del espacio. Fabi notó otra cortina dividiendo la tienda al fondo. Quizás era allí donde la mujer hacía sus ceremonias. Detrás del mostrador había potes de vidrio con hierbas secas: ruda, romero, cola de caballo. Eran nombres de plantas medicinales. Abuelita Alfa tenía un montón de ellas sembradas en el jardín de su casa. Cada vez que tenía dolor de oído, su abuela arrancaba un mazo de hojas de ruda, escupía sobre ellas y se las sacudía sobre el oído.

Había muchas otras cosas allí que la espantaban. Como una estatua del diablo esculpida en madera en un rincón. El diablo tenía una garra de gallo en un pie y una pezuña de cabra en el otro. También había a la venta numerosas estatuas de la Santa Muerte.

—¡Trinidad! —gritó una mujer haciendo que Fabi diera un respingo. Ella no había escuchado a nadie entrar.

—¡Doña Lisa! —respondió abuela Trini abrazando a la mujer.

Doña Lisa tenía que ser muy anciana. Las arrugas que cubrían su cara parecían tejidas por arañas. Se movía con dificultad, como si sus rodillas se negaran a dar cada paso. Su piel era muy pálida y llevaba el pelo canoso recogido hacia atrás en un moño y sujeto con brillantes hebillas en forma de estrella. La mujer no lucía poderosa y mucho menos indígena.

Abuela Trini le explicó la situación, comenzando por Melodee y la apuesta, la fiesta de quince que probablemente se suspendería y la humillación pública. A Fabi le costaba trabajo escuchar. Hubiera deseado que se estuvieran refiriendo a otra persona, pero no era así. Se trataba de su vida.

—Necesitamos un milagro —repetía su abuela.

La anciana las invitó a pasar a la habitación del fondo, que tenía el tamaño de una alacena. Allí había una mesa redonda con un juego de naipes encima. Les pidió que se sentaran y comenzó a encender velas por toda la habitación.

Cuando doña Lisa se sentó finalmente, le pidió a Fabi que le mostrara su mano. Fabi miró a su abuela, esperando algún gesto de aprobación antes de hacer lo que la anciana le pedía. Doña Lisa estudió las líneas en la palma de la mano de Fabi como si fueran las páginas de un libro hasta que dio un resoplido y se volteó hacia abuela Trini.

—La niña está maldita —dijo, y miró fijamente a Fabi como retando a algún poder dentro de ella—. El odio y la envidia son energías poderosas, y tú no le gustas para nada a esa chiquita. Ve al frente y agarra una botella de agua de rosa. Úsala todos los días para espantar las malas energías. Esta noche te darás un baño especial con hierbas que te prepararé. Verás como todo va a mejorar.

Fabi asintió levantándose rígidamente. Había crecido escuchando historias sobre el mal de ojo y las maldiciones, pero nunca había pensado que fueran algo real o que le pudieran pasar a ella. ¿A quién se le podía ocurrir envidiarla? La idea de estar maldita le asustaba más de lo que estaba dispuesta a admitir; así que iba a hacer cualquier cosa que la mujer le ordenara con tal de despojarse de la maldición.

—Ve caminando, mija —dijo abuela Trini sin moverse—. Tengo algo más que hablar con doña Lisa.

Fabi se encaminó al frente de la tienda, agarró una botella de agua de rosa y se quedó esperando por su abuela. Veinte minutos más tarde, abuela Trini emergió de la habitación del fondo con una expresión de satisfacción. Mientras doña Lisa escogía las hierbas para el baño, Fabi no le quitaba la vista de encima a la estatua del diablo.

—¿Estás segura de que quieres hacer esto de nuevo? —le preguntó doña Lisa a abuela Trini—. Recuerda que la última vez tuviste suerte...

—Estamos hablando de mi nieta. Haría cualquier cosa por ella.

La anciana le estaba dando una bolsa de papel con las hierbas a Fabi cuando sonó el timbre.

—Tengo el presentimiento de que nos veremos muy pronto otra vez, querida. Cuídate de los chicos guapos. No son siempre lo que aparentan —dijo.

Fabi asintió y le dio las gracias mientras se marchaba. En la puerta esperaba un hombre corpulento lleno de cadenas de oro. Era Juan "El Payaso" Diamante, el narcotraficante. Abuela Trini lo saludó cortésmente.

Cuando ya estaban afuera, Fabi tocó el brazo de su abuela.

—¡Ese es el tipo del que Santiago huía la noche en que lo mordieron los perros!

—Mucha gente viene a pedirle consejos a doña Lisa —respondió abuelita Trini encogiéndose de hombros.

capítulo 11

El baño de despojo no hizo que Fabi se sintiera mejor, pero por lo menos estaba limpia. El lunes por la mañana se despertó con un sarpullido en todo el cuerpo. Estaba feliz de quedarse en casa y no tener que enfrentarse a la gente en la escuela, especialmente a Melodee y a su novio Daniel; pero tenía que contarles a sus padres la verdad. Se pasó toda la mañana en la cama, intentando hallar la mejor manera de explicárselo. ¿Y si su papá se enfermaba otra vez cuando le contara la verdad? Su mamá ya tenía demasiadas cuentas de hospital por pagar.

No, de todas formas tenía que decirles la verdad.

Al mediodía, Fabi logró levantarse de la

cama y preparar su desayuno favorito: huevos a la mexicana. Hizo lo suficiente para compartirlo con su papá.

Cuando Leonardo la vio entrar en su cuarto con la bandeja, sonrió. Fabi notó el andador que se había rehusado a usar. El médico le había indicado que caminara, pero su padre era realmente testarudo y no le gustaban los cambios.

—Caramba, mija, ¿lo preparaste tú misma? —preguntó mirando los huevos revueltos con trocitos de jalapeño verde, cebolla y tomate.

—Aprendí del mejor.

Leonardo probó un poco y abrió los ojos asombrado.

—Está sabrosísimo.

—Y además es saludable —añadió Fabi—. Lo preparé con aceite de oliva extra virgen y los vegetales del huerto de abuelo Frank que son orgánicos.

Su papá no respondió ni una palabra. Masticaba lentamente, con los ojos cerrados para que los sabores penetraran y dieran vuelta dentro de su boca.

De pronto, abrió los ojos.

—Cuando regrese al restaurante quiero

que empieces a trabajar conmigo en la cocina —dijo.

—¿En serio? —preguntó Fabi.

—Por supuesto, mi changuita —respondió Leonardo pellizcándole con cariño los cachetes—. Quizás hasta puedas enseñarle a este perro viejo algunos nuevos trucos orgánicos.

Fabi resplandeció. Estaba realmente emocionada, y se daba cuenta de que su padre estaba de buen ánimo. Este era el momento que había esperado.

—Papi, hay algo que necesito decirte sobre la fiesta de quince.

Leonardo se sentó en la cama. Había perdido bastantes libras desde el infarto y lucía frágil y vulnerable, pero a Fabiola no le quedaba más remedio que decirle que no habría fiesta.

Pero antes de que pudiera continuar, su papá la interrumpió.

—Muy bien. Hay algo que yo quiero decirte a ti. Mientras estaba en el hospital tuve mucho tiempo para pensar sobre mi vida y agradecer las cosas que tengo. Siento mucho no haber podido regalarte la fiesta de quince que te merecías...

—No, papi...

—Déjame terminar —dijo Leonardo poniendo el plato a un lado y mirándola a los ojos—. Quizás fue bueno que me diera este ataque. He trabajado muy duro tratando de encargarme de todo yo mismo. Por eso me he perdido muchas cosas en tu vida, y mírate ahora, ya estás hecha una mujercita y alimentándome. —Una lágrima saltó de los ojos negros de Leonardo—. Estoy muy agradecido de que tu hermana y tu abuela hayan sido capaces de regalarte esta oportunidad, mija. ¿A quién le importa quién preparará la comida y si es mejor o peor? Lo que realmente importa es que puedas tener la fiesta que te mereces.

—Papi, por favor —dijo Fabi con el corazón destrozado.

—Estoy muy orgulloso de ti. Te quiero mucho —dijo él abrazándola—. Te has convertido en una mujer tan bella que no puedo creer que eres mi hija. Dime, ¿qué me querías decir?

Fabi lo miró fijamente. Ahora no podía romperle el corazón.

—No era nada —dijo limpiándose las lágrimas—. Solo que estoy muy feliz de que te sientas mejor y que puedas estar conmigo en ese día especial.

—No me lo perdería por nada del mundo.

Fabi se levantó y dejó a su papá descansando con una sonrisa en los labios. ¿Y ahora qué iba a hacer? Se fue directo a limpiar la cocina. Limpiar siempre la ayudaba a pensar. La fiesta estaba programada para el sábado y no había escuchado ni una palabra de Grace desde la fiesta de quince de Melodee. ¿Estaría la productora volando en un avión de regreso a Los Ángeles?

El miércoles el sarpullido de Fabi se había convertido en ampollas y su mamá amenazaba con llevársela a rastras al médico si no se mejoraba. Después de la escuela, Alexis le traía las tareas para que no se retrasara. La gente preguntaba por ella. Querían saber si habría fiesta después de todo.

Estaba a punto de caer la noche cuando Fabiola escuchó unos golpes en la puerta de la casa. Salió a abrir en pijama, y se encontró de golpe con Grace Cooper. La sorpresiva visita la puso tan nerviosa que le cerró la puerta en la cara. Fabi se recostó contra la pared con el corazón desbocado. Sentía que apenas podía respirar.

—Fabi —dijo Grace tímidamente tocando nuevamente en la puerta—. ¿Me puedes dejar entrar?

Fabi respiró profundo. Sentía la cabeza caliente y un ligero mareo, pero tenía que responder por sus acciones. Cuando finalmente abrió la puerta, Grace la miró calmada. La productora estaba vestida sobriamente con un traje negro, una blusa con vuelos y unos tacones negros.

Fabi la dejó pasar a la modesta sala. Estaba un poco avergonzada por la humildad de su casa: la mayoría de los muebles habían sido comprados de segunda mano.

—Discúlpame por no haber llamado antes —comenzó a decir Grace—. He tenido varias reuniones con los productores del programa y esta es la primera oportunidad que tengo de venir a verte.

Fabi se acurrucó en el lado opuesto del sofá. Grace la miraba con tristeza, y luego bajó la vista al suelo.

—Todos nos llevamos una desagradable sorpresa en la quinceañera de Melodee —dijo.

Fabi miró hacia otra parte.

—Hablé con tu abuela y con Alexis y ellas me lo explicaron todo —dijo Grace haciendo una pausa para respirar profundo—. El contrato estipula que se debe cancelar este episodio. El fraude es un asunto que nos tomamos muy en serio, ¿sabes? Y estás obligada a pagar por todos los gastos en que ya hemos incurrido.

Fabi asintió con tristeza, aceptando su responsabilidad.

—Pero...

Fabi levantó la vista.

—Pude convencer a mis productores de que debíamos hacer el episodio sin importar lo ocurrido. Con el infarto de tu papá y todos los esfuerzos que tu familia ha hecho para darte esta oportunidad, se me ocurrió una idea —explicó Grace poniendo la mano en la rodilla de Fabi—. Yo sé lo que es sentirse poca cosa porque tu familia tiene bajos ingresos.

—¿En serio? —dijo Fabi sin poder creer lo que estaba escuchando.

—Sí. Mi familia era muy pobre cuando yo tenía tu edad. Nunca tuve fiesta de quince. Quizás no lo sabes, pero soy hispana, mi madre es dominicana. Las fiestas de quince son todo un acontecimiento en la comunidad dominicana. Mis padres no podían pagar una fiesta lujosa y yo no quería que mis amigos se burlaran de mí. Por eso les mentí a mis amigos en la escuela, les dije que no quería una fiesta, que mis padres me iban a regalar un viaje a París —dijo Grace y se rió de su propia historia—. Estaba avergonzada de mi familia. Es difícil admitirlo ahora porque los adoro. Trabajaban duro y aunque no tenían recursos pude recibir una buena educación y estudiar en la universidad. Mis padres eran ambos inmigrantes ilegales: mi padre, irlandés, y mi madre, de un pequeño rancho en República Dominicana. Se conocieron en un restaurante donde mi madre cocinaba y mi padre era camarero. Como tú y tu familia, no tuvimos mucho dinero de niños, pero teníamos mucho amor.

Fabi se quedó mirando a Grace sorprendida. Esta mujer sofisticada y fabulosa había sido como ella. Sintió que la embargaba una gran emoción y que ahora, incluso, le caía mucho mejor.

—Como productora del programa, he decidido continuar con este episodio. Pero ya no va a ser sobre una adolescente que se está muriendo sino sobre una chica saludable y una familia que la adora.

—¿De veras?

Grace asintió.

—Fabi, no creo que sepas lo especial que eres. Hay montones de chicas por ahí que por su apariencia o su origen piensan que son insignificantes. Estoy cansada de mis jefes y de sus exigencias de altos índices de audiencia. Ese no es el espíritu de una quinceañera y esa no es la razón por la que acepté este trabajo.

—¿De veras? —repitió Fabi atontada.

—De veras —afirmó Grace convincentemente—. La fiesta sigue programada para el sábado, si todavía estás interesada.

Fabi no sabía qué responder. Todo había sucedido de manera tan inesperada. ¿Estaría soñando?

—Sí —dijo una voz a sus espaldas.

Fabi y Grace se voltearon y vieron a Leonardo parado en el pasillo.

Las lágrimas comenzaron a brotar de los ojos de Fabi mientras le sonreía alegremente a su papá. No tenía que seguir preocupándose de que él supiese la verdad. De hecho, ya no le importaba si el resto del mundo conocía la verdad.

—Sí —le respondió Fabi a Grace—. Estoy interesada.

—Estupendo —dijo Grace, y se acercó a Fabi para susurrarle algo al oído—: Además, entre tú y yo, no quiero que Melodee se salga con la suya. Odio a los abusones, y ella es la reina de las abusonas.

Fabi se quedó callada por unos segundos.

—Ha sido una espina clavada en mi costado desde el primer año de secundaria —dijo finalmente.

—Bueno, ya está todo arreglado. Te necesito de vuelta en el colegio mañana para un par de tomas nuevas. ¿Nos podemos reunir a la hora del almuerzo?

—Por supuesto —respondió Fabi.

Grace se levantó para marcharse. Al despedirla en la puerta, Fabi le dio un abrazo de agradecimiento.

—No tienes que agradecerme nada —dijo Grace resplandeciente—. Estoy feliz de haber estado aquí para que esto fuera posible.

Por fin llegó el sábado, y Fabi no podía controlar las mariposas revoloteándole en el estómago. Grace había hecho un gran trabajo coordinando todos los detalles de la fiesta, pero Fabi todavía no tenía chambelán. Santiago se ofreció para serlo, pero abuela Trini dijo que no hacía falta puesto que ya ella se había encargado de eso.

El plan era que todos vinieran a casa de Fabi para maquillarse. Grace había contratado a una maquilladora profesional para que ayudara. Ahora, Fabi miraba a todos los protagonistas de su fiesta de quince sentados alrededor del improvisado vestidor en que habían convertido la cocina. Alexis estaba en un taburete junto al mostrador, con los rulos puestos y sonriendo con la cabeza erguida mientras la maquilladora le pintaba las pestañas. Abuela Trini le hacía "arreglos" de última hora a su vestido, bajándole el escote para que sus pechos pudieran respirar. Santiago acaparaba el baño; era peor que abuela Trini a la hora de ponerse laca en el pelo.

Fabi sintió una punzada de angustia al ver que Milo no aparecía.

"Seguramente sigue molesto", pensó. Pero no sabía cómo arreglar las cosas con él. Por suerte, Chuy usaba la misma talla que Milo, por lo que su traje le vino justo a la medida.

Fabi no pudo evitar notar lo guapo que lucía en esmoquin.

Grace entró escribiendo mensajes en su BlackBerry. Había pasado el día corriendo entre el salón y la casa, asegurándose de confirmar hasta el más mínimo detalle. Fabi estaba tan alegre de haberla conocido. Ella era, sin lugar a dudas, la coordinadora de fiestas más estelar del mundo y, además, lograba que todos fueran puntuales.

En ese momento, abuela Trini informó del último invitado a la fiesta.

—¡Un chambelán sorpresa! —exclamó Grace sonriendo en señal de aprobación—. Me encanta la idea. ¿Quién es? No, espera, no me lo digas. También quiero que me sorprenda.

—¿Pero quién es? —preguntó Fabi preocupada. Su abuela siempre se las ingeniaba para exagerar las cosas. Como no soltaba prenda, solo le quedó rezar por que nada malo sucediera en su fiesta. Todo lo que pedía era un día. Un solo día en el que no sucediera nada malo.

Fabi escogió un peinado clásico con bucles. Había decidido que era un peinado divertido y sofisticado. Agarró su vestido, sus zapatos, sus guantes y su tiara, y sacó a Santiago del baño para cambiarse. Le encantaba la sensación de la seda sobre la piel. El vestido era turquesa, su color favorito. Inicialmente, había deseado un diseño clásico y simple que le sirviera para ir a otros eventos; pero cuando vio el vestido sin tirantes, con un brillante diseño floral de cuentas verdes y anaranjadas en el torso y la falda larga suave y ondulante, quedó prendada de él. Le quedaba bastante ceñido en las caderas, pero la diseñadora juraba que todos los vestidos de quince quedaban así.

Con su tiara y sus zapatillas favoritas puestas, estaba lista para salir. Fabi miró dudosa los bellos zapatos de tacones que su abuela Trini la había convencido de escoger para la ceremonia de cambio de zapatos. No entendía muy bien por qué tenía que cambiar sus zapatillas por un par de incómodos tacones. Era un rito de paso de niña a mujer, según su abuela, pero Fabi sabía que como las dos usaban el mismo número de zapato, lo que abuela Trini quería era poderlos tomar prestados.

—Lista —dijo Fabi en voz alta mientras abría la puerta del baño. Respiró profundo antes de dar el primer paso. ¿Pensaría la gente que se veía bonita?

La cocina se convirtió en un hervidero en cuanto la vieron.

—¡Yuju!

—¡Vaya!

—¡Qué guapa!

Todos la elogiaban mientras modelaba el vestido.

Fabi sintió que se ruborizaba, pero tenía que admitir que era maravilloso ser la estrella del día.

—Bueno, señores —dijo Grace desde la puerta de la calle—. Tenemos que estar todos en el auto camino a la iglesia en diez minutos.

Abuelita Alfa exigió que no se pusiera música ni se hicieran chistes dentro de la limusina Hummer alquilada para el viaje a la iglesia. También se aseguró de sentarse junto a Fabi. Quería que se concentrara en las oraciones que le había enseñado y en su compromiso con Dios. Si fuera por ella no hubiera habido ninguna fiesta. Mientras abuelita Alfa rezaba en voz alta por su nieta, Fabi no pudo evitar desear que Melodee tuviera una abuela como la suya.

Durante la misa, Fabiola temió cometer algún error, olvidar las oraciones o caerse estrepitosamente frente a todo el mundo, pero la ceremonia transcurrió sin imprevistos.

Después de la misa, comenzó oficialmente la celebración. Les permitieron por fin escuchar música en el Hummer: Georgia Rae puso un disco de Milo y Alexis subió la música a todo volumen. Fabi se sintió un poco triste al escuchar los temas preferidos de su amigo, a quien extrañaba muchísimo, aunque en este momento tuviera que parecer alegre. Especialmente porque todos a su alrededor deseaban que se divirtiera. A cada rato abuela Trini se paraba y sacaba la cabeza por la ventanilla del techo de la limusina. Se estaba divirtiendo de lo lindo.

Cuando estacionaron frente al hotel estilo español en el centro de Weslaco, Fabi estaba fuera de sí de la emoción. La fila de invitados le daba la vuelta a la cuadra. Habría más de cien personas esperando. Grace era muy exigente con el asunto de la seguridad y quería que solo se admitiera a los invitados. La portezuela de la limusina se abrió y ella salió. Ser recibida con una oleada de gritos y las luces de las cámaras la hizo sentirse como una estrella de rock.

El hotel por dentro era fabuloso. El edificio había sido recientemente restaurado y la fiesta de Fabi era el primer evento en celebrarse allí. Una hilera de bellos candelabros de cristal iluminaba el pasillo que conducía al inmenso salón de baile. Lo primero que vio Fabi al entrar fue la mesa de quinceañera, con una elegante vajilla de porcelana y centros de mesa de coloridas dalias. Al final del salón había un amplio escenario sobre el cual colgaba un anuncio de Target, pero a Fabi no le importó. Le sonrió radiante a Grace, que no le quitaba el ojo de encima.

La multitud de invitados fue entrando y ocupando sus asientos en las mesas vacías. Fabi reconoció a la bibliotecaria y su esposo; el concejal de la ciudad con su familia; sus tíos y primos de Minnesota y California; sus maestros de primaria; la gente de su escuela. Era como si todo el pueblo estuviera en su fiesta.

El evento comenzó con la clásica canción "De niña a mujer", interpretada por su hermana Alexis, acompañada de la banda de mariachis de la escuela. A Fabi se le hinchó el corazón al pensar que el gran cariño que su hermana sentía por ella era lo que había permitido que su fiesta de quince se hiciera realidad. Pero las lágrimas solo saltaron de sus ojos cuando vio a su padre entrar lentamente al salón de baile sin bastón; lucía muy guapo con su sombrero de vaquero, esmoquin tejano y botas puntiagudas de piel de serpiente.

Leonardo le pidió a Fabi bailar con ella, y ambos bailaron lentamente llenos de emoción. De vez en cuando, a Alexis se le quebraba la voz mientras cantaba, y Fabi notó que no había ni un par de ojos secos entre los invitados.

Después de ese primer baile, Fabi se sentó en la mesa de quinceañera. Comenzaron entonces a sonar todas sus canciones favoritas. No se había dado cuenta de lo hambrienta que estaba hasta que un plato de mole de pollo con arroz y frijoles apareció frente a ella.

—Feliz cumpleaños —dijo una voz a sus espaldas.

Fabi se volteó y vio a Milo, que estaba vestido con un traje azul marino ceñido y una camisa con vuelos.

—¡Viniste! —gritó Fabi saltando de la silla para darle un abrazo.

—No podía faltar en este día tan importante para ti —dijo Milo ruborizándose.

—Siéntate aquí conmigo —dijo Fabi señalándole la silla que estaba a su lado—. ¿Eres mi chambelán sorpresa? —preguntó.

—Yo, eh, no, pero... —dijo Milo, y miró a todos lados.

Fabi se tragó el orgullo y le agarró la mano.

—Me siento muy mal por todo lo que pasó entre nosotros —dijo.

—Yo también —susurró Milo.

—No sé qué estaba pensando cuando confié en Daniel.

—Fabi, ¿podemos olvidarnos de todo eso? —preguntó Milo—. Yo también me siento mal por muchas cosas, pero vamos a dejar todo atrás y disfrutar de la fiesta.

—¡De acuerdo! —dijo Fabiola.

—Mira —los interrumpió Georgia Rae acercándose a ellos y señalando hacia la entrada.

En ese momento, cogidos del brazo, llegaban a la fiesta Melodee y Daniel. La insoportable Melodee llevaba puesto un precioso vestido de cóctel, pero la expresión de disgusto en su cara arruinaba su imagen. Daniel lucía incómodo, como si lo hubieran arrastrado a la fuerza. Fabi no pudo evitar desear que las cosas entre ellos hubieran sido diferentes, pero se negó a sentirse triste. Y menos hoy. Su fiesta era tan maravillosa como la de Melodee, o incluso mejor. ¿Pero cuándo aparecería por fin su chambelán?

Un segundo después, abuela Trini se acercó del brazo de un atractivo chico de ojos penetrantes y piel bronceada que parecía un modelo acabado de salir de una pasarela.

"Ese tiene que ser mi chambelán sorpresa", pensó Fabi.

—Mira lo que te he traído —le dijo Trini a Fabi aplaudiendo emocionada—. Feliz cumpleaños, mija. Quiero presentarte a tu chambelán, Orlando Russo.

El atractivo joven le lanzó una mirada deslumbrante a Fabi mientras le besaba la mano. Fabiola se sonrojó. Tenía millones de preguntas que hacerle, pero Grace la interrumpió. Agarró el micrófono y les pidió a todos que se sentaran. Se veía preciosa en su vestido verde.

—Quiero agradecerles a todos por estar aquí para celebrar la fiesta de quince de Fabiola Garza.

Los invitados gritaban emocionados. Fabi sonrió feliz. No le cabía la menor duda de que este era el mejor día de su vida. Saludó a sus padres, que estaban sentados en la mesa familiar, junto a abuelita Alfa, abuelo Frank y la tía Consuelo.

—Antes de que comience la fiesta —continuó Grace—, quisiera mostrarles un breve video que filmamos durante las últimas dos semanas. He producido muchos programas de quinceañeras, pero este ha sido hasta el momento el más sorprendente de todos y del que más me enorgullezco. Hay muchas personas a las que agradecer por haber hecho posible este día, pero me gustaría especialmente darles las gracias a Leonardo y Magdalena Garza por criar a esta joven tan especial y bella. —Los padres de Fabi se pusieron de pie y Grace continuó—: ¿Y quién es Fabiola Garza? Bueno, solo vean este video.

Hizo un gesto a su asistente y desde el techo descendió una pantalla de cine que ocupó toda una pared.

Fabi vio proyectarse imágenes suyas en la pantalla: fotos de ella caminando por los pasillos de la escuela, trabajando en el restaurante y estudiando en la biblioteca. Se volteó hacia su hermana entusiasmada. Era demasiado perfecto.

El video mostró entonces a sus compañeros de escuela. Violeta, Mona y Noelia conversaban animadamente sobre la invitación a la fiesta de quinceañera. La cara de Milo iluminó la pantalla, recordando la vez que Fabi le enseñó a preparar una parrillada. Georgia Rae contó cómo Fabi había corrido alrededor de un quiosco de raspa pintada de camuflaje espantando a los clientes. En ese momento apareció Daniel en la pantalla. El video debió haber sido grabado antes de su traición pública. Fabi aguantó la respiración e intentó no fijarse en sus adorables hoyuelos. Daniel dijo que Fabi era una gran persona, con un corazón grandísimo y una bella sonrisa. Sus palabras la hicieron sentirse incómoda; hubiera deseado que editaran esa parte.

Detrás apareció Chuy, y Fabi se sintió aliviada. Chuy le agradeció a Fabiola todo el tiempo que había dedicado a ayudarlo a aprender inglés. Su abuelo Frank contó la anécdota de cuando ella tenía cinco años y se comió toda una caja de laxantes con sabor a chocolate. Se había asustado tanto que corrió con ella al médico para hacerle un lavado de estómago. Los invitados se divirtieron con la historia.

Abuela Alfa hizo llorar a todos con su cuento de Fabi representando al niño Jesús en una obra de la iglesia cuando tenía dos años.

La mejor entrevista de todas, sin embargo, fue la del papá de Fabi. Estaba parado en la cocina del restaurante y recordaba a su "pequeña changuita" siguiéndolo a todas partes mientras él cocinaba. Era el viejo Leonardo, el de antes del infarto. Lucía fuerte y saludable. Habló sobre cuando le puso chili en los dedos a Fabi para que dejara de chuparse el pulgar. A Fabi se le aguaron los ojos. Por supuesto que el método no había funcionado, porque a partir de ese momento se acostumbró a chuparse el dedo con sabor a chili. Fabi rió junto con los invitados y buscó con la mirada a su papá.

—Eres una chica afortunada —dijo el guapo chambelán, sentándose en la silla vacía junto a Fabi.

Fabi se quedó muda por unos segundos. El desconocido tenía los ojos marrones más hermosos que había visto. Era imposible resistirse a su mirada. Fabi deseó en secreto que Daniel hubiera notado a este hombre tan apuesto conversando con ella.

—Sí, lo soy —respondió—. Me siento como si fuera la chica más afortunada del mundo.

—Tu abuela Trinidad me contó de ti —dijo el chico sonriendo—. Me siento muy honrado de ser tu pareja esta noche.

Fabi rió feliz. Era tan guapo que le tenía sin cuidado cuánto le hubiera pagado su abuela por ser su chambelán.

En la fiesta se celebraron todos los rituales de la ceremonia tradicional: la última muñeca, el baile de padre e hija y el cambio de zapatos. Esa fue la parte más dura para Fabi porque no había tenido tiempo de practicar con los tacones altos, pero siguió los consejos de su abuela Trini y fingió estar acostumbrada. Cuando llegó la hora de cortar el pastel, Santiago no pudo resistirse y le enterró la cara en el mismo. Fabi estuvo a punto de enojarse, pero los invitados reían divertidos, así que tomó un pedazo de pastel y se lo restregó a Santiago por la cara.

Las luces bajaron para dar paso a la parte más importante de la noche: el baile de quinceañera. Todo el mundo siguió la difícil coreografía lo mejor que pudo. A Fabi se le olvidaba todo el tiempo en qué dirección debía girar.

"¿Era para la derecha o la izquierda?", se preguntaba.

Afortunadamente, Orlando era un bailarín de ensueño y la condujo magistralmente. Se conocía la coreografía mejor que si hubiera estado ensayando con ellos todo el tiempo. Fabi no podía recordar otro momento en su vida en el que se hubiera sentido más feliz. Después del baile, apareció el famoso grupo de *reggaeton* y la gente se lanzó como loca a la pista de baile.

Una fila de invitados esperaban para bailar con Fabi, y ella hizo un gran esfuerzo por dedicarle aunque fuera unos minutos a cada uno. Mientras bailaba un pasodoble con su abuelo Frank por todo el salón, notó que Daniel se abría paso entre las parejas caminando hacia ella.

Fabi estiró el cuello. A la izquierda vio a Melodee llamando a Daniel, gritándole enojada; pero él no le hacía caso y continuaba avanzando entre la gente. Sintió que se le aceleraba el pulso. ¿Qué querría? Abuelo Frank le estaba dando una vuelta cuando apareció Daniel. Su abuelo, muy discreto, le hizo una seña al chico y se retiró. Fabi hubiera querido detenerlo, pero en un santiamén desapareció.

—Hola, Fabi —saludó Daniel parado a un pie de distancia de ella.

Estaba tan cerca que Fabiola podía oler su chicle de menta.

"Qué guapo —pensó—. Pero es un mentiroso, un verdadero idiota... ¡y el novio de Melodee!"

—Hola, Daniel —respondió ella fingiendo indiferencia.

—Linda fiesta.

Fabi miró a todos lados esperando que apareciera alguien que la rescatara.

Daniel miró sobre su hombro.

—Yo, hum... Quería decirte que... lo siento mucho. Todo lo que pasó.

Fabi lo fulminó con la mirada. ¿Ahora lo sentía?

—Quiero decir que lo que dije frente a la cámara sí es verdad —continuó Daniel, tartamudeando un poco menos ahora—. Creo que eres una chica maravillosa. Nunca hubiera querido herirte. Al principio no esperaba que fueras tan agradable, ¿sabes? Pensé...

—Fabi —lo interrumpió Orlando, atravesándose entre ellos—. Están tocando nuestra canción.

Fabiola miró a Daniel y se encogió de hombros satisfecha. ¡Orlando era increíble! Y Daniel ahora debía recibir de su propia medicina.

Orlando le sonrió a Daniel.

—Sufre —le dijo.

Fabi inclinó la cabeza sonriendo. Vio de soslayo que Daniel retrocedía y se quedaba mirándola.

Al otro lado de la pista de baile, abuelita Alfa bailaba con abuelita Trini, pero sin quitarle los ojos de encima a Orlando. Había algo en ese muchacho que a ella no le gustaba.

—¿Y ese de dónde salió? —le preguntó a abuela Trini.

—Es un viejo amigo —respondió Trini.

—¿Un viejo amigo?

Abuela Trini se echó a reír sin parar de bailar.

—¿Le pagaste para que acompañara a la niña? —preguntó abuelita Alfa.

Abuela Trini abrió la boca escandalizada.

—No digas eso. Y no comiences a regar rumores —respondió—. Fabi necesitaba un chambelán guapo para que esa niña rica se tragara su arrogancia.

Abuelita Alfa miró fijamente a abuelita Trini.

—Tampoco me mires así —dijo Trini moviendo las caderas—. No estabas allí. No escuchaste todas las cosas desagradables que esa chica le dijo a Fabiola.

—¿Acaso tú todavía no puedes perdonar a esas niñas que se burlaban de ti en la escuela? —dijo abuela Alfa.

—Eso es agua pasada. Ya lo he olvidado. No puedo creer que tú todavía lo recuerdes.

Abuelita Alfa se volvió para mirar a Orlando.

—Hay algo en él que me resulta familiar —murmuró.

—Ni se te ocurra arruinarle la fiesta a la niña con tus especulaciones. Nunca he visto a Fabi tan feliz. Déjala gozar, por lo menos una vez.

Fabi no escuchó la conversación ni notó la mirada de reproche de su abuela. Se estaba divirtiendo demasiado. Orlando era tan buen bailarín que se sentía flotando en el aire. Además, los sorbos de champán debían de estar haciendo efecto porque apenas notaba el piso bajo sus pies al deslizarse por la pista. Escuchó a los invitados elogiar la manera en que bailaba. Al parecer, las clases de baile habían servido de algo. Sentía que ambos lucían sensacionales.

"Es un sueño hecho realidad", pensó llena de felicidad.

De pronto, una escoba la golpeó en la espalda. Fabi trastabilló. Una lluvia de golpes cayó sobre ella y sobre Orlando. Cuando finalmente pudo mirar, vio a su abuelita Alfa con la escoba en alto a punto de lanzar otra andanada. Abuela Trini la halaba por el suéter intentando controlarla, pero abuela Alfa parecía poseída por el demonio.

—¡Lárgate, diablo maldito! —gritaba enloquecida.

"¿Dónde están los guardias de seguridad?", se preguntaba Fabi a punto de llorar.

Con una fuerza descomunal, abuelita Alfa se zafó de abuela Trini, haciendo que esta cayera de espalda sobre la gente. Fabi no podía creer lo que estaba sucediendo. La cabeza le daba vueltas. Intentó pensar claramente, pero de repente se desplomó en el piso de madera. Abuelita Alfa no paraba de darle escobazos a

Orlando y de maldecirlo. Fabi estaba anonadada; no sabía que su abuelita conociera tantas malas palabras.

Orlando miró airado a abuelita Alfa. Fabi quiso levantarse, pero no pudo.

—¡Para, Alfa! —gritó Trini entre la multitud—. ¡Vas a arruinarlo todo!

—¡Seguridad! —gritó Fabi finalmente.

De ninguna manera iba a permitir que su abuela le echara a perder la fiesta. Pero nadie se movió. ¿Estarían tan sorprendidos como ella?

Orlando dio un paso atrás, bloqueando los escobazos con las manos. Había retrocedido hasta una ventana. Estaba acorralado, y Alfa continuaba golpeándolo como si estuviera espantando a un animal salvaje. Abuelita Alfa volvió a alzar la escoba y, en ese instante, Orlando le sopló un beso a Fabi y se lanzó por la ventana.

Fabi gritó horrorizada. Se escuchó un impacto y una lluvia de fragmentos de vidrio cayó por todas partes.

Fabiola logró ponerse de rodillas y con la ayuda de Alexis se levantó.

—¿Qué pasó? —gritó Fabi corriendo hacia la ventana donde estaba parada abuelita Alfa.

Fabi miró hacia abajo. Había por lo menos tres pisos hasta el suelo, pero todo estaba oscuro y no se veía rastro de Orlando.

"Es imposible que alguien salte desde aquí y no se haga daño", pensó. Pero Orlando había desaparecido como si se lo hubiera tragado la tierra.

—Abuela —gritó Fabi casi histérica—. ¿Por qué hiciste eso?

Abuela Alfa se persignó.

—Lo siento, mija. No me quedó otro remedio —contestó.

—Pero abuela, ¡era mi chambelán! No podías hacer eso.

—Tenía que hacerlo —respondió calmada abuelita Alfa—. Era el diablo.

Fabi no lo podía creer. ¡Esta vez su abuela había llegado demasiado lejos!

—No, no es cierto. Era un chico agradable que solo estaba bailando conmigo.

—No, mija —dijo abuelita Alfa con tristeza—. Ese era el diablo. Te lo juro por mi vida. No sabes nada porque eres muy joven, pero yo sí sé. Al principio estaba tratando de verle las piernas. ¿Sabías que el diablo no puede transformar sus piernas? Tiene una que luce como una garra de gallo y la otra como las pezuñas de los chivos de abuelo Frank. Pero entonces los vi a ustedes bailando y girando y...

—Así es como la gente baila hoy en día —dijo Fabi exhausta.

—Mija, ustedes no estaban bailando sino girando en el aire. Si no rompía el encantamiento, el diablo se hubiera llevado tu espíritu para el infierno. ¿Es eso lo que quieres, niña ingrata? ¡La próxima vez voy a dejar que te lleve!

Fabi lanzó un grito de frustración. Era imposible hacer razonar a su abuela. Nada la convencería de que estaba equivocada. Le dio la espalda y se fue a la pista de baile. Todos la miraban asombrados, pero ella solo se encogió de hombros.

—Tuvo que marcharse —les dijo a los invitados.

Milo se acercó y la invitó a bailar, y ambos se perdieron entre la multitud de parejas. Esta vez, Fabi se aseguraría de mantener los pies bien firmes sobre el suelo.

epílogo

Esa noche llegó a ser conocida como la noche en que Fabi bailó con el diablo. Fabi se preguntaba cuánto tendría que ver abuelita Alfa con ese rumor, pero no le dio importancia. Habían sucedido demasiadas cosas que la hacían querer olvidar la guerra de quinceañeras.

Grace regresó a Los Ángeles. El programa se transmitiría en un par de meses, una vez que terminaran de editar el material filmado. Le avisarían cuando todo estuviera listo.

La última vez que se vieron, Grace invitó a Fabi a visitarla en Los Ángeles durante las vacaciones de verano. Leonardo prometió que lo pensaría.

En la escuela, Fabi perdió su estatus de celebridad en cuanto desaparecieron las cámaras. Realmente se sentía contenta de que todo regresara a la normalidad.

Bueno, casi todo. Santiago le dio un puñetazo a Daniel, justo frente a la oficina del subdirector. Lo suspendieron, pero a Santiago no le importó. Dijo que ya estaba cansado de portarse bien.

Melodee quiso romper la apuesta porque, según ella, Fabi había hecho trampa. Circulaba el rumor de que su chambelán había sido contratado para acompañarla el día de su fiesta de quince, y eso no estaba en las reglas.

—¿Qué reglas? —preguntó Fabi—. No hay reglas de quinceañeras.

—¡Por supuesto que sí las hay! —respondió Melodee furiosa—. Todo el mundo sabe que no puedes contratar a alguien para que sea tu chambelán. Eso es trampa.

—Bueno, tú también hiciste trampa —contestó Fabi—. Le dijiste a Daniel que se me acercara para que yo le pidiera que fuera mi chambelán, cuando tú sabías muy bien que él era tu novio.

—De acuerdo —dijo Melodee—. Una razón más para romper la apuesta.

—Está bien. A mí tú no me haces falta ni de esclava —dijo Fabi.

Melodee se dio la vuelta sin decir ni una palabra y se alejó seguida por su pandilla.

Alexis rompió a reír a carcajadas y Fabi y Milo la imitaron. Todo parecía haber regresado a la normalidad.

Más tarde, ese mismo día, Fabi y Santiago regresaron al hotel donde fue la fiesta para recoger las zapatillas de Fabiola. La noche de la fiesta había sido tan alocada que las había dejado debajo de una mesa. Fabi todavía se preguntaba qué habría sido de Orlando. Su abuela Trini se había negado a pronunciar palabra sobre él y le había dicho que de ninguna manera le diría dónde vivía ni cómo podía localizarlo.

Ya que estaban allí, Fabiola examinó el lugar donde debió haber caído Orlando cuando saltó por la ventana. Quería encontrar alguna pista, cualquier cosa. Orlando, como casi todo lo que había vivido durante los últimos meses, le parecía un recuerdo ajeno.

"Los dos últimos meses fueron una verdadera locura —pensó, y se acordó de Daniel—. ¿Habría al menos una pizca de verdad en lo que me dijo la noche de mi fiesta?"

El pobre Orlando debió haber pensado que

su familia estaba loca. ¿Cómo pudo su abuela atacar a su chambelán de esa manera?

—Oye, mira esto —dijo Santiago mostrándole a Fabi unas marcas en la tierra.

—¿Qué es? —preguntó Fabi arrodillándose para ver mejor.

—Parecen huellas —dijo Santiago recorriéndolas con las yemas de los dedos.

—Pero no parecen huellas de zapatos.

Fabi observó las huellas detenidamente, tratando de pensar en algún animal que pudiera haberlas hecho. Pero de pronto se dio cuenta de que se parecían a las huellas de pezuñas que dejaban en el fango las cabras de su abuelo Frank. Al menos una de ellas. La otra huella parecía más bien un triángulo.

—Ey, esta huella es de una pata de gallina —dijo Santiago—. ¿Abuelita Alfa no dijo algo sobre las patas del diablo?

—No —dijo Fabi nerviosa—. No puede ser... ¿tú crees?

"¿Sería Orlando realmente el diablo? —pensó Fabiola. Pero si era el diablo, ¿por qué la ayudó? ¿No estaba el diablo demasiado ocupado friendo gente? Ella no era nadie. ¿Y cómo era que su abuela lo conocía?—. No, definitivamente, Orlando no es el diablo".

En el Valle, los verdaderos demonios eran los narcotraficantes que mataban gente inocente, repartían armas entre los jóvenes y propagaban la violencia a ambos lados de la frontera.

En ese preciso instante, un Escalade con vidrios polarizados se detuvo junto a ellos y estacionó. Fabi se quedó sin aliento cuando vio a El Payaso bajarse del vehículo. ¿Habría llamado al narcotraficante con el pensamiento? Santiago se quedó petrificado como una estatua. Fabi podía sentir su miedo, como un conejo en la trampa de un cazador. Esto no podía ser nada bueno.

El hombre fornido, con el pelo canoso y un medallón en el pecho, caminó hacia ellos. Fabi miró de soslayo buscando una vía de escape.

—Santiago Reyes —dijo El Payaso con su voz rasposa y autoritaria.

Santiago y Fabi tragaron en seco al mismo tiempo.

—He escuchado que has cambiado mucho —añadió El Payaso.

—Sí, señor —tartamudeó Santiago.

—Escuché que estás yendo a la escuela y manteniéndote alejado de las chicas y los negocios. Incluso escuché que le hiciste una promesa a la Virgen. ¿Es cierto?

Santiago miró de reojo a Fabi antes de contestar.

—Sí, señor. Así es, pero cómo...

El Payaso pasó por alto la pregunta de Santiago.

—Una promesa a la Virgen no es algo para tomarse a la ligera. ¿Ya has ido al Santuario para llevarle una ofrenda?

—Yo, eh... —balbuceó Santiago abriendo los ojos como platos.

—Eso pensé —continuó El Payaso sin dejarlo terminar—. Será mejor que lo hagas.

—Sí, señor —repitió Santiago asintiendo rápidamente.

—Te estaré vigilando, Santiago. Estaré observando tus notas, tus actividades extraescolares. Si me entero de que andas haciendo trastadas con chicas o metido en negocios raros, te voy a caer encima como un infierno. Te dejé tranquilo porque le gustas a mi hija y prometí que no tocaría ni un pelo de tu linda cabecita mientras te mantuvieras recto como un hilo. ¿Entiendes, menso?

—Entiendo, señor —respondió Santiago.

—Ahora, vete al Santuario y agradécele a la Virgen, antes de que cambie de idea —dijo El Payaso amenazante.

Santiago agarró a Fabi por la mano y la haló por el callejón, alejándose de El Payaso sin responder. En cuanto estuvieron fuera de su vista, corrieron como si estuviesen escapando del mismísimo diablo, sin decir ni una palabra. La vida en El Valle estaba llena de sorpresas. Mientras huían, Fabi comprendió que ambos tenían muchas cosas por las que estar agradecidos. Tenían salud, familia y la suerte de su lado. Alguien estaba cuidándolos. ¿Sería la Virgen u otra persona? Quienquiera que fuera, Fabi estaba agradecida por su protección. En ese mismo instante prometió ir al Santuario y llevarle un ramo de flores a la Virgen, por si las moscas.